AF154046

F.A. Blanck

Das Geisterklopfen in Bergzabern

Anatiposi

F.A. Blanck

Das Geisterklopfen in Bergzabern

Unveränderter Nachdruck der Originalausgabe von 1853.

1. Auflage 2023 | ISBN: 978-3-38205-286-7

Anatiposi Verlag ist ein Imprint der Outlook Verlagsgesellschaft mbH.

Verlag: Outlook Verlag GmbH, Zeilweg 44, 60439 Frankfurt, Deutschland
Vertretungsberechtigt: E. Roepke, Zeilweg 44, 60439 Frankfurt, Deutschland
Druck: Books on Demand GmbH, In de Tarpen 42, 22848 Norderstedt, Deutschland

Das

Geisterklopfen

in

Bergzabern.

Eine fortgesetzte Darstellung der Ereignisse mit der Philippine Senger in Bergzabern, mit Rücksichtnahme auf gleiche Erscheinungen in anderen Ländern, mit oder ohne Einwirkung des Magnetismus oder des Somnambulismus.

Herausgegeben

von

F. A. Blanck.

Motto:

Es gibt mehr Dinge im Himmel und auf Erden, Horatio,
Als wovon man in Euerer Philosophie träumt!

Hamlet.

Bergzabern 1853.
Druck und Eigenthum des Verfassers.

BIBLIOTHECA
REGIA
MONACENSIS

Bayerische
Staatsbibliothek
München

Vorwort.

Seit der Herausgabe unserer ersten Schrift sind bereits vierzehn Monate abgelaufen. Die Erscheinungen in dem Hause Sengers, beziehungsweise in dem Hause des königlichen Kantonsarztes Herrn Dr. Beutner dahier, haben bisher fortgedauert und bis zur Stunde ihr Ende noch nicht erreicht, ebensowenig waren die Aerzte im Stande, eine Aufklärung, welche auch nur einigermaßen die öffentliche Neugierde befriedigt hätte, zu geben. Sie konnten also „die Ursachen, welche die Wirkungen hervorbringen", nach Ablauf von vierzehn Monaten nicht erforschen und hat es den Anschein, als sollte dieses auch so bald noch nicht geschehen.

Ueber den Inhalt der von uns herausgegebenen Broschüre wurden zur Zeit mancherlei Urtheile gefällt, und konnte der Verfasser derselben mehrfacher Anfechtungen nicht entgehen. Während dem die Einen uns geradezu persönlich erklärten, man hätte noch viel mehr und Wunderbareres in dem Schriftchen anführen können, behaupteten dagegen Andere, der Inhalt desselben sey übertrieben und die Thatsachen entstellt. Bezüglich dieser letzteren Behauptung aber mußten nicht allein der Verfasser, sondern auch alle diejenigen Personen, welche die Erscheinungen bei der **Philippine Senger** beobachtet haben, höchst erstaunt seyn, daß sogar auf der Konferenz der Aerzte der Bezirke Landau und Frankenthal zu Winzingen sich zwei Aerzte auf diese Weise äußern konnten, welche fast täglich die Philippine Senger besuchten und die Erscheinungen bei ihr vielleicht mehr als jeder Andere zu beobachten Gelegenheit fanden, da ihnen als praktischen Aerzten zur Zeit besondere Vorrechte, und zwar mit Recht, eingeräumt wurden [1]).

Wir haben ebenfalls heute nicht die Absicht über den Zustand der Philippine Senger zu urtheilen, wollen uns vielmehr auch jetzt wieder blos auf die Mittheilung desjenigen beschränken, was wir über die weitern Erscheinungen bei derselben wissen, theilweise selbst beobachtet und von andern glaubwürdigen Augenzeugen erfahren haben. Aber das haben wir uns vorgenommen, die Angriffe, die wir bezüglich dieser Sache auf unsere Ehre und Wahrheitsliebe erfahren mußten, mit aller Entschiedenheit abzuwehren und hier zu wiederholtenmalen zu erklären, daß wir uns weder durch Zeitungsartikel noch durch das oberflächliche Geschwätz sogenannter starker Geister irre machen lassen, sondern die Wahrheit freimüthig beken-

---

1) Wir haben bei dieser Stelle nicht die Absicht, in Persönlichkeiten uns zu ergehen, da wir nie die Sache mit den Personen verwechseln. Aber zur Widerlegung des Winzinger Artikels in der Beilage Nro. 251 der Pfälzer Zeitung von vorigem Jahre glaubten wir in unserem eigenen Interesse in dieser Weise uns um so mehr aussprechen zu müssen, als unsere Erwiederung auf die Annonce des Herrn königl. Kantonsarztes von hier in die Pfälzer Zeitung nicht aufgenommen wurde.

nen werden, unbekümmert um das Urtheil namentlich Derjenigen, die nicht die geringste Kenntniß von der Sache haben, unbekümmert aber auch um die entgegengesetzten Behauptungen der Aerzte.

Ferner mußten wir mündlich den Vorwurf vernehmen, wir seyen geneigt, in der Klopfgeistergeschichte das "Hereinragen der Geisterwelt", anzunehmen, und selbst wurde in einem Artikel: "Aus der Pfalz" in einer in Berlin erscheinenden Zeitung nicht unmerklich darauf hingedeutet; auch wurde uns persönlich bemerkt, daß dieß aus der Verabfassung des Schriftchens zu erkennen sey. —

Wir haben hierauf Folgendes zu erwiedern:

Ein Jeder, der die Erscheinungen bei der Philippine Senger beobachtete, muß, wenn er anders der Wahrheit die Ehre geben will, bekennen, daß dieselben auf höchst wunderbare und unerklärliche Art an den Tag treten und den Beobachter auf eine nicht geahnte Weise überraschen. Je aber nach der Präsentation einer Thatsache, je nach dem Eindrucke, den diese auf das Gemüth der Anwesenden macht, muß dieselbe auch beschrieben werden; sie kann nicht anders beschrieben werden, will der Verfasser die Stimmung, in welche er versetzt wurde, nicht gewaltsam unterdrücken. Dieß dürfte ihm jedoch schwer werden und müßte auch in diesem Falle die Wahrheit absolut Noth leiden.

Wir gestehen es offen, auf uns haben diese Erscheinungen einen eigenthümlichen, merkwürdigen Eindruck gemacht und wir wissen, daß wir nicht allein stehen. Denn wir waren Augenzeuge, daß Personen, fast überwältigt von den Gefühlen, die sie mächtig an

dem Bette des Kindes ergriffen, stumm und starr diesem sonderbaren Gehämmer, diesem unheimlichen Gekratze
zuhörten. Wir waren Augenzeuge, daß Personen, währenddem der Klopfer ihnen das Alter und das ihrer Angehörigen anschlug, und während den Reden und Gebeten des
Kindes in einen Strom von Thränen ausbrachen. — Wir
haben ferner von gelehrten Personen vernommen, daß, als
sie zum erstenmale das Klopfen und Kratzen vernahmen,
ihnen der kalte Schweiß auf die Stirne getreten sey und
sie einer Ohnmacht nahe waren. Augenzeuge waren wir
endlich noch, daß ein sonst herzhafter Mann todtenblaß
bei Anhörung des Klopfens wurde und der, nach seiner
eigenen Aussage ohnmächtig geworden wäre, hätte er sich
nicht schnell entfernt. — Im Hinblicke auf diese Wirkungen
dürfte kein Vorwurf der Uebertreibung uns treffen, sowie
die Behauptung widerlegt seyn, aus der Verabfassung
des Schriftchens gehe hervor, wir seyen geneigt, das
»Hereinragen der Geisterwelt« anzunehmen.

Mittlerweile wurden wir bestimmt, in Familienange-
legenheiten die Reise nach Paris zu unternehmen. Schon
seit einem Jahre stehen wir mit einem gewissen Herrn
Karl Soehnée in Paris, der sich in den Musestunden
mit dem Studium des Galvanismus und thierischen Magnetismus beschäftigt, durch Vermittlung dessen Bruders,
Herrn Louis Soehnée, in Weissenburg, (Frankreich)
in Correspondenz. In Paris befindet sich ferner eine
Dame, Madame Courboulay, welche die Gabe des
Hellsehens in einem ausgezeichneten Grade besitzt. Durch
die Aussagen dieser Dame wurden die merkwürdigsten

Refultate bezüglich des Zuftandes des Kindes erzielt. Aus den an uns überſendeten Briefen werden wir das Merkwürdigſte mittheilen.

Von Herrn Soehnée bei der Familie Courboulay in Paris eingeführt, hatten wir mehrmals in der Woche Gelegenheit, die Erſcheinungen des thieriſchen Magnetismus an vielen Perſonen wahrzunehmen, und wurden wir ſelbſt durch Herrn C. ſehr oft magnetiſirt und auch verſchiedene Verſuche über die Wirkungen des thieriſchen Magnetismus an uns angeſtellt, worüber wir uns weiter verbreiten werden. Gleichzeitig werden wir mittheilen, was wir in Paris von Madame C. über den Zuſtand des Kindes und das Klopfen, Kratzen ꝛc. ꝛc. vernommen haben.

Trotz Allem dem, was wir bisher in der unbegreiflichen Klopfgeiſtergeſchichte Unbegreifliches und Geiſterhaftes geſehen und gehört haben, ſo werden wir uns doch ſelbſt heute noch nicht erlauben, hier öffentlich die Behauptung aufzuſtellen, Erſcheinungen wie die, welche ſich an die Philippine Senger knüpfen, ſeyen die Wirkungen unſichtbarer, überirdiſcher Weſen, guter oder böſer Geiſter. Wir werden aber dieß nur aus dem einzigen und einfachen Grunde unterlaſſen, weil wir nicht im Stande ſind, für eine ſolche Behauptung einen Beweis zu liefern, der in die Sinne fällt, daher auch eine ſolche Anſicht über derartige Erſcheinungen nur Sache des Glaubens iſt. Wenn wir aber bei ſolchen Dingen, wie den in Frage ſtehenden verlangen, daß an das Wirken überirdiſcher Weſen geglaubt werden ſoll, ſo mögen wir uns darauf gefaßt halten, daß wir Widerſpruch finden werden, daß hierüber

Zweifel entstehen, und jedenfalls bei Denjenigen am meisten hervortreten werden, die solche Erscheinungen noch nicht persönlich zu beobachten Gelegenheit hatten, und sollten sie auch in anderer Hinsicht noch so gläubige Seelen seyn, und in unsere Worte nie einen Zweifel gesetzt haben.

So wie wir also aus dem oben angegebenen **einzigen** Grunde das „Hereinragen der Geisterwelt" in der Klopfgeistergeschichte heute wieder nicht annehmen wollen, ebensowenig werden wir aber auch den bisher hin und wieder abgegebenen, aber unhaltbaren Urtheilen der Mediziner Glauben schenken. Wir wagen es vielmehr heute kühn zu behaupten, daß ihre Forschungen über das Klopfen, Kratzen, Rasseln ꝛc. in Senger's Hause vergebens seyn werden, und mögen sie die Versicherung hinnehmen, daß der „Klopfgeist" sich weder durch Absprechen, Entstellen oder Verheimlichen der Thatsachen noch durch Pillen und Mixturen bannen läßt. Vielmehr mögen sie recht lebhaft an die Schlußstelle des Artikels in der schon angeführten preußischen Zeitung denken: **„Man sieht, die Herren Doktoren halten für gut, zum Rückzuge zu blasen."**

Wir wollen nun unsern geehrten Lesern noch kurz mittheilen, daß die von uns herausgegebene erste Schrift: „der Bergzaberner Klopfgeist" von Herrn Soehné in Paris in's Französische übersetzt wurde und in verschiedenen französischen Journalen theilweise in Auszügen und im „Journal du Magnétisme" zu Paris vollständig erschienen ist. Die Einleitung, mit welcher der Redakteur dieses Blattes, Herr Baron du Potet die Uebersetzung unserer Broschüre begleitete, werden wir mittheilen.

Ferner wurde uns eine Entgegnung von Dr. Justinus Kerner, auf eine früher ausgesprochene Ansicht des Herrn Dr. Beutner sen. von hier, der zur Zeit das Klopfen in Bergzabern den ungewöhnlichen Muskelbewegungen der Philippine Senger zuschrieb, zum beliebigen Gebrauche für unsere Schrift mitgetheilt. Es wird in derselben auf eine schon im Jahre 1761 in Dibbelsdorf in Niedersachsen stattgehabte Klopfgeistergeschichte hingewiesen, die uns gleichzeitig mit noch einer andern zu Montoillot bei Dijon in Frankreich im Monat Dezember 1852 stattgehabten, in ausführlicher Beschreibung übersendet wurde.

Wir werden von diesen interessanten Scripturen am Schlusse unserer Schrift Gebrauch machen und sie vollständig mittheilen. So viel bemerken wir vorläufig, daß an den beiden genannten Orten die Erscheinungen an keine Personen gebunden waren, die in magnetisch-somnambulem Zustande sich befanden. Die erstgenannte Geschichte ist ein Auszug aus dem „Magikon. Archiv für Beobachtungen aus dem Gebiete der Geisterkunde ꝛc. von Dr. Justinus Kerner." 5ter Band, pag. 288—292. Die andere Geschichte zu Montoillot ist übersetzt aus dem „Journal du Magnétisme, par Monsieur le Baron du Potet à Paris." Tome 12, pag. 69—72.

Wir haben die feste Ueberzeugung, daß durch die gegenwärtige Schrift alle bisher aufgetauchten der Familie Senger nachtheiligen Behauptungen auf das Vollständigste entkräftet werden; namentlich dürfte aber eine, gegen uns auf die plumpste und stupideste Weise ausgesprochene Beschuldigung eines Betrugs von unserer Seite eine eclatante Entgegnung finden.

Wir haben zwar auf diese gemeine Beschuldigung im Bergzaberner Wochenblatte Nro. 81 vom Jahre 1852 gebüh-
rend geantwortet, finden uns aber veranlaßt, den Schluß-
saß jenes Artikels auch, hier zum Schluße unseres Vor-
wortes zu machen:

„Wir werden uns von keinem Menschen, wer er auch
sein mag, bestimmen lassen, auch nur im Geringsten von
der Wahrheit dessen abzuweichen, was wir hier sowohl als
in Paris mit eigenen Augen gesehen, mit eigenen Ohren
gehört haben, und was wir durch eine Menge von Zeugen
und viele Gelehrten aller Branchen auf das Evidenteste
beweisen können.“

Bergzabern in der königlich bayerischen Pfalz, im
August 1853.

Der Verfasser.

Aus dem Inhalte unserer erften Schrift „der fogenannte Klopfgeift ic." werden die geehrten Lefer erfehen haben, daß die Erfcheinungen bei der Philippine Senger höchft räthfelhafter und ungewöhnlicher Art find. Wir haben diefelben von dem Anfange bis zu dem Zeitpunkte erzählt, wo die junge Senger zu dem kgl. Kantonsarzte gebracht wurde. Nun wollen wir fehen, was fich von jener Zeit an bis jetzt mit derfelben weiter ereignet hat.

Die Gefchichte von dem fogenannten Klopfgeifte wurde durch die Tagesblätter fowohl als auch fonft auf alle mögliche Weife bekannt und dadurch das Intereffe an den fonderbaren Erfchei= uungen immer mehr gefteigert. So kam es, daß man bald in dem benachbarten Frankreich in allen bedeutenden Städten davon fprach, denn es waren fchon im Anfange, als die Erfcheinungen bei dem Kinde fich zeigten, aus einigen Städten des Elfaß viele Perfonen nach Bergzabern gekommen, um fich perfönlich von der Wahrheit deffen zu überzeugen, was ihnen bisher als eine Mähre geklungen hatte. Bald aber auch fprach man in der Hauptstadt Frankreichs in verfchiedenen gelehrten Kreifen von dem „Bergza= berner Klopfgeifte". Ganz befonders erregte derfelbe das Intereffe verfchiedener gelehrten Magnetologen in Paris, unter anderen des Herrn Courboulay und des Herrn Baron du Potet, fo wie die Aufmerkfamkeit verfchiedener Doktoren der Medizin.

Das Intereffe an der Klopfgeiftgefchichte wurde aber in hohem Grade gefteigert, als die Kunde von verfchiedenen, höchft

1

merkwürdigen Vorkommnissen in Senger's Hause zu Bergzabern
nach Paris kam, und man beschloß, nähere Forschungen überhaupt in der Sache anzustellen, besonders aber die in dem Vorworte genannte berühmte Hellseherin Madame Courboulay über
den Zustand des Kindes zu befragen.

Bevor wir mit der Erzählung der nunmehr erfolgten Thatsachen beginnen, glauben wir, in einigen Zeilen etwas über die
Person dieser Hellseherin mittheilen zu müssen.

Madame J. Courboulay - Sonnet, geboren im Departe-
ment de Mayenne, verheirathet an Herrn Courboulay und
wohnhaft zu Paris, ist eine junge Dame von ungefähr 24
bis 25 Jahren, etwas kleiner Statur und verhältnißmäßig corpu-
lentem Körperbau; sie hat ein rundes Gesicht, dunkelblonde Haare
und blaue Augen. Mit einem sehr lebhaften munteren Tempera-
mente, was man bei solchen Personen nicht sehr häufig findet, verbindet sie ein äußerst freundliches Benehmen im Umgange, und Niemand ahndet, die berühmte Hellseherin vor sich zu haben, da man sich
gewöhnlich solche Personen als krank und leidend, wenn nicht
gar im Bette liegend, vorstellt. Madame C. bildet hievon gerade
das Gegentheil und ist in der That eine angenehme liebliche Erscheinung.

Ihr Gemahl, Herr Courboulay ist Ingenieur und Chemiker
und einer der ersten Magnetologen zu Paris. Er magnetisirt
seine Gemählin selbst, wodurch diese in den somnambulen Schlaf
versenkt wird, in welchem Zustande sie auf einem Kanapee oder
Divan sitzend, Consultationen gibt, was jedoch nur zweimal in
der Woche, Montags und Mittwochs geschieht, da Madame C.
an anderen Tagen keine Audienzen zu diesem Zwecke ertheilt.

Diese Dame sollte nun über den Zustand der Philippine
Senger befragt werden. Zu diesem Zwecke wurde eine Haarlocke
derselben nach Paris geschickt, welche heute in einer Rahme, mit
einem runden geschliffenen Glas eingefaßt ist. Der Tag, an welchem
zum erstenmale Madame C. sich mit dem Kinde beschäftigte, war der
19. Mai 1852, zu welcher Zeit die Philippine Senger sich in

der Wohnung des Hrn. Dr. Beutner befand. Aus dem nach=
folgenden Briefe des Herrn Karl Soehnée an seinen Bruder
in Weißenburg, welch' ersterer zuerst auf den Gedanken kam,
Madame C. in dieser Sache zu befragen, und welcher auch deß=
halb weder dieser Dame noch ihrem Gemahl etwas von seinem
Vorhaben mittheilte, werden die Leser ersehen, was Madame C.
über den Zustand des Kindes aussagte. Dieser Brief lautet also:

Paris, den 20. Mai 1852.

Lieber Bruder!

Ich danke Dir für die neuen, so interessanten Mittheilun=
gen durch Deinen Brief vom 12. Mai. Ich bitte Dich auch,
unserm Vetter Sievert meinen Dank abzustatten, für die mir
zugeschickte Haarlocke der jungen Seherin, mittelst welcher ich die
wunderbarsten Resultate erlangt habe. Sage auch dem Herrn
Dr. Beutner, wie glücklich ich mich schätze, ihm durch Deine
Vermittelung folgende interessante Thatsachen mitzutheilen.

Der Gunst eines jungen Studiosi medicinæ habe ich es zu
verdanken, letzten Montag bei Herrn Courboulay, Ingenieur und
Chemiker, eingeführt zu werden. Dessen Frau ist eine hellsehende
Schläferin. Ein andermal werde ich Dir von den Wundern
reden, die in meiner Gegenwart stattgehabt haben. Jetzt aber
vor Allem will ich Dir von der gestrigen Sitzung, dem Vorabend
des Himmelfahrtstages, eine Beschreibung machen, mit der Bitte,
von diesem Datum Notiz zu nehmen.

Gegen zehn Uhr ungefähr — wenn mir mein Gedächtniß
treu ist — wurde die Schläferin wie gewöhnlich durch ihren Gemahl in
den magnetischen Schlaf versenkt. Derselbe rief mich sogleich herbei,
um meine Fragen an seine Frau zu stellen. Diese, so wie
auch er, hatten nicht die geringste Kenntniß über das, was ich
fragen wollte. Ich fing so an:

„Madame, wollen Sie mir erlauben, Ihr Hellsehen auf
die Probe zu stellen und können Sie mir sagen, von wem die
Haare sind, die ich Ihnen in die Hand gebe?"

1*

Sogleich als sie dieselben anrührte, sagte sie: „Diese Haare sind blond, es sind Weiberhaare."

Ich bemerke Dir dabei, daß die Augen der Hellseherin völlig geschlossen sind, und wenn man ihr mit dem Finger die Augen aufmacht, so bemerkt man, daß der Augapfel gegen oben zu völlig verschwunden ist. Weiter sagte die Schläferin:

„Die Haare gehören einer Person, die noch nicht dreißig Jahre alt ist."

Mit dieser Antwort nicht zufrieden, wollte ich das Alter bestimmt angezeigt haben. Die Schläferin erwiederte aber, sie könne weiter nichts sagen, als daß die Person jung sey.

Ich fragte weiter, ob sie mir den Namen der Stadt nennen könne, in welcher diese Person wohne. Das könne sie nicht, nur so viel könne sie sagen, daß diese Stadt weit von Paris entfernt sey, daß man dort nicht französisch spreche, sondern eine Art deutsch (sic). Diese Stadt, sagte sie ferner, liege auf einer Anhöhe. Ich konnte diese irrige Angabe nicht widerlegen, weil mir die Lage von Bergzabern erst seit heute Morgen bekannt ist[1]). Ich bat sie, mir die Beschreibung des Hauses zu machen, indem sich das Mädchen aufhalte. Sie antwortete mir, daß man auf Treppen zu demselben hinaufsteige, und daß Bäume gegenüber dem Hause ständen[2]). Nun mit ihrem Blick in dieses Haus eindringend, sagte sie zu mehreren Malen, sie sehe etwas Weißes. Hier habe ich in meinen Fragen gefehlt, denn ich hätte fragen sollen, welche Gestalt dieses Weiße habe. Ich dachte aber, es wären dies vielleicht die weißen Wände des Zimmers oder eine somnambulische Hellung. In diesem Zimmer sah sie mehrere Frauen mit sonderbaren Kappen (Hauben). Es wäre unter den-

---

1) Diese Angabe dürfte nicht gerade irrig genannt werden, denn die Stadt Bergzabern liegt am Fuße des Gebirges. Dürfte nicht auch Madame C. gesagt haben, die Stadt liege an statt auf einer Anhöhe, was der Herr Berichterstatter vielleicht nicht genau verstanden hatte.

2) Diese Angaben sind ganz richtig.

selben ein Mann mit grauen Haaren, der ihr vorkäme wie ein
Geistlicher. Nachher sagte sie, daß das Mädchen sehr fromm sey;
und nach einer Pause: sie sehe es wirklich betend. Nun war
das Interesse gesteigert.

„Madame, können Sie mir sagen, was das Mädchen für
eine Krankheit hat?"

„Der Sitz der Krankheit", antwortete sie mir, „ist in der
Brust", und ihre Hände auf den Leib legend, sagte sie: „es
müssen auch Magenkrämpfe vorkommen, und der Umlauf des
Blutes ist gehemmt".

Da man mir gesagt hatte, daß die Aerzte an dem Auf-
kommen des Mädchens zweifeln, so fragte ich die Schläferin,
was sie hievon halte. Das Mädchen, sagte sie, würde davon
kommen. — Sie gab mir dann die Art der Behandlung an.
Um aber den Faden dieser Erzählung nicht abzubrechen, will ich
diese Behandlung am Ende dieses Briefes mittheilen. Ich fuhr
mit meinen Fragen also fort:

„Madame, sagen Sie mir doch gefälligst die Ursachen der
Krankheit des Mädchens".

Die Schläferin antwortete sogleich: „Es ist die Angst!"

„Was ist denn die Ursache dieser Angst?"

„Es ist ein Tod (sic), es ist ein Todter, sein Angesicht
ist bleich!" —

„Wie ist dann dieses Angesicht?"

„Es ist lieblich!"

Hier erinnere ich mich nicht mehr genau alles Ausgesprochenen,
nur so viel kann ich sagen, daß der Eindruck des Geistes auf die
Schläferin für die Folge kein gefälliger mehr war.

Dann setzte sie hinzu: „Im Grund ist doch etwas Gutes,
es ist Gutes im Grund!" (sic.)

„Was macht aber dieser Geist?" fragte ich sie.

„Er klopft!" erhielt ich zur Antwort. — Bei diesen Worten
gerieth ich außer mir, Furcht, Verwirrung und Bewunderung durch-
zogen mein Inneres.

Hygiène.

Ich fragte nun die Schläferin, ob sie glaube, daß der Magnetismus hier gut anzuwenden sey? Sie bejahte dieß, indem es
kein besseres Mittel gäbe, um den Umlauf des Blutes und das
Gleichgewicht im menschlichen Körper wieder herzustellen.

Nun nahm Herr Courboulay das Wort und fragte seine
Frau:

„Meine Liebe, fühlest Du sympathetische Zuneigung zu dem
kranken Mädchen?" Mit einem freundlichen „Ja" wurde diese
Frage beantwortet. Dann schlug sie vor, ein Stück Papier zu
magnetisiren, lieber als ein Glas, wie es ihr Mann wollte. Gerade hatte ich kein anderes Papier bei mir, als den Umschlag
(Enveloppe) Deines Briefes. Denselben gab ich in die Hände
der Madame C. und sie magnetisirte ihn während ihres Schlafes.
Ihr Gemahl nahm alsdann wieder das Wort und sagte, man solle
dem Mädchen sagen lassen, die Stunde von drei bis vier Uhr
Nachmittags zu bestimmen, um sich jeden Tag mit seiner Frau
in Verbindung zu setzen. Zu diesem Zweck soll sie das magnetisirte
Papier um die bezeichnete Stunde und mit kleinen Zwischenräu-
men bald auf den Kopf, bald auf den Leib legen.

Ich komme nun auf die Consultation der Schläferin zurück.
„Man muß trachten", sagte sie, „die Traurigkeit des Mädchens
durch Zerstreuungen zu vertreiben, und suchen, ihr Hellsehen auf
den Grad zu vermehren, daß sie sich selbst Rath ertheilen kann,
wie es der Fall ist, wenn man diesen normalen übernatürlichen
Zustand erlangt hat. An wunderbaren Beispielen dieser Art
fehlt es nicht".

Endlich verordnet die Schläferin, der Kranken ein Getränk
von der Frucht des Meerkirschbaumes in einem Litter weißen Wein
zu bereiten, daran sie zwei Tage haben soll.

Vergessen muß ich aber nicht, Dir zu sagen, daß die Schläferin am Ende gesagt hat: „Nun geht die Kranke etwas besser."
Noch muß ich eine Aussage der Schläferin hier aufführen:

„Das junge Mädchen", sagte sie, „leidet an der Mutter.

Wenn sie älter wäre, würde sie in diesem Zustande närrisch geworden sein."

Schließlich bitte ich Dich noch, mir nächstens ein Exemplar
der Broschüre „der Klopfgeist" zu schicken, um dieselbe nach Wunsch
dem Redakteur des »Journal du Magnetisme« einzuhändigen, wo
sie dann in den Archiven aufbewahrt werden wird.

Unterzeichnet: Charles Soehnée.

Als der Inhalt dieses Briefes bekannt wurde, kamen einige
kranke Personen in Bergzabern auf den Gedanken, von ihren
Haaren nach Paris schicken zu lassen, um Madame C. über ihre
Krankheitsumstände zu befragen und vielleicht die Mittel zur
Heilung derselben zu erfahren. Man erwartete um so mehr eine
richtige Beurtheilung des Zustandes dieser kranken Personen, als
Madame C. über das Kind und das Klopfen so merkwürdige und
richtige Aussagen gemacht hatte. Und man hatte sich auch nicht
getäuscht. Wir wollen hier zwei Fälle anführen, in welchen wir
selbst die Haare nach Paris beförderten, von wo aus auch die
betreffenden Briefe über das Resultat der Consultationen mit
Madame C. an uns gelangten.

Diese beiden Fälle betreffen den verlebten k. Steuer=Con-
troleur Schultz und die gleichfalls verstorbene Frau Huber
von hier. Beide litten an sehr langwierigen Krankheiten; ersterer an
einem Gewächse auf der linken Brust, letztere an einer Gliederkrankheit.

Nicht nur, daß Madame C. die Krankheits = Umstände der
beiden genannten Personen auf das Allergenaueste angab und
auf Einzelheiten einging, sagte sie auch unter Anderem: „Die
beiden Kranken werden ihren Leiden unterliegen, sie werden
sterben. Die Leiden der Madame Huber werden aber länger
dauern, als die des Herrn Schultz." Ja sie ging noch weiter,
indem sie sagte: „Herr Schultz wird nicht mehr viel über
einen Monat leben und Frau Huber ihm bald nachfolgen."
Fünf Wochen nach dieser Consultation war Hr. Schultz eine
Leiche, und nach weiteren vier Wochen hatte auch Frau Huber

das Zeitliche mit dem Ewigen vertauscht. Natürlich wurde den beiden Kranken die Aussagen der Madame C. vorenthalten, wie diese auch ausdrücklich anbefohlen hatte. Für einen dritten Patienten haben wir die Haare selbst nach Paris mitgenommen und Madame C. über den Krankheits-Umstand desselben befragt. Ueber diesen sowohl als auch über die Persönlichkeit des Patienten hatten wir zur Zeit keine Kenntniß. Nach stattgehabter Consultation erstatteten wir genauen Bericht über die Aussagen der Hellseherin. Zum größten Erstaunen der Angehörigen des Patienten hatte Madame C. nicht allein ganz genau die Krankheit desselben beschrieben, sondern sie gab auch über dessen ganze Physiognomie Aufschluß, ja noch mehr, sie gab das Alter des Patienten an.

Während unseres sechswöchentlichen Aufenthaltes in Paris wurde daselbst wieder eine außergewöhnliche magnetische Sitzung auf Donnerstag den 9. September, Abends um 8 Uhr anbe= raumt, an welchem Abend Madame C. mit dem Kinde Sen= ger's in Bergzabern sich wieder in sympathetischen Rapport setzen sollte.

Zu diesem Ende wurden wir beauftragt, dem Vater des Kindes von diesem Vorhaben Nachricht zu geben. Auch wurde ein von Madame C. magnetisirtes Stück Carton Herrn Senger mit dem Bemerken überschickt, dasselbe dem Kinde abwechselnd auf die Brust und die Stirne zu legen, und genau zu beobachten, was sich ereignen werde.

Bei dieser Sitzung waren mehrere Doktoren der Medizin, zwei Gelehrte aus Hamburg, mehrere andere Gelehrten der Stadt Paris und einige Damen gegenwärtig. In der That war dieser Abend für alle Anwesenden vom höchsten Interesse. Wir beginnen mit der Erzählung der an demselben stattgehabten Thatsachen, indem wir die Aussagen der Madame C. **ganz der Wahrheit getreu** und ohne alle Bemerkung darüber anführen, welche Aussagen noch am nämlichen Abend zu Papier gebracht wurden.

Nachdem Madame C. wie gewöhnlich durch ihren Gemahl in magnetischen Schlaf versenkt war, begehrte sie sogleich den

schon angeführten Spiegel, in welchem sich die Haare der jungen
Philippine Senger befinden. Mit geschlossenen Augen auf einem
Canapée sitzend, fuhr die Hellseherin zu wiederholten Malen mit
der flachen Hand über das Glas und bemerkte Anfangs, sie sehe
nichts; weder sehe sie den Geist[4]), noch das Kind; Herr C.
aber warf ihr noch einige magnetische Strahlen auf den obern
Theil des Kopfes und in die Ohren und alsbald war von der
Hellseherin zu vernehmen, daß sie nicht allein den Geist, sondern
auch das Kind ganz genau sehe, das eben das magnetisirte Car=
ton in seinen Händen halte, auch bestätigte sie den sympathetischen
Rapport zwischen ihr und dem Kinde. Von dem „Klopfgeiste"
machte sie nun folgende Aussagen:

Derselbe, sagte sie, habe seinen Sitz hauptsächlich in der
Wand, auch klopfe er in diesem Augenblicke an die Wand. „Ich
sehe", sprach sie weiter, „ein großes häßliches Thier von der Gestalt
einer Schildkröte, mit einem großen gebogenen Schnabel. Die Haut
des Thieres ist grün und hat schwarze Flecken; an seinen Füßen hat es
lange Krallen, durch welche das Kratzen hervorgebracht wird." Gleich=
zeitig mit diesem Thiere, neben welchem Madame C. auch einen
großen grauen Vogel sah, sah sie auch den „Klopfgeist", der,
wie sie bemerkte, einen größern Lärm verursache, als das Thier.
Er klopfe gewöhnlich an einen Balken, der von dem Keller durch
die Stube ziehe. Sodann beschrieb sie das Zimmer des Kindes
folgendermaßen: „Von der rechten Seite der Thüre des Zimmers,
in welches man von dem Wohnzimmer aus gelangt, steht das
Bett des Kindes, links steht ein langer Arbeitstisch und zwischen
beiden ein Kleiderschrank." Sogleich wurden wir gefragt, ob diese
Angaben richtig seyen, wir konnten dies jedoch nicht bestätigen, da diese
Stellung der Möbel in dem Zimmer uns nicht bekannt und dasselbe
früher anders eingerichtet war. Wir fanden jedoch bei unserer Nach=
hausekunft, daß diese Angaben der Hellseherin vollkommen richtig
waren. Ferner sagte Madame C.: „sie sähe viele Personen im

---

4) Mit diesem Worte bezeichnete Madame C. den Klopfer.

Zimmer des Kindes, sie höre auch sprechen, allein sie verstehe
nichts davon, da man dort deutsch rede. Nachdem Madame C.
noch bemerkt hatte, daß es abwechselnd, bald stärker, bald leiser
klopfe und kratze, sagte sie auf einmal, das Kind sey erwacht
und der Geist nicht mehr bei ihm. Einer der anwesenden Herren
nahm hierauf das Wort und sagte:

„Madame, suchen Sie ihm zu folgen!"

„„Wenn mir dieß möglich ist,"" war die Antwort.

Nach einer längeren Pause begann nun Madame C. Folgendes zu sprechen:

„Ich sehe einen runden Saal mit ungeheuer weiten Räu-
men; die Wände dieses Saales erscheinen mir wie Felsenwände.
Derselbe ist hell erleuchtet, er gleicht einem Gefängniß, es ist ein
unheimlicher Ort. Rings in einem Kreise sitzen viele Gestalten
mit trauernden und leidenden Gesichtern. Der Saal ist ihr
alleiniger Aufenthaltsort, der aber nicht auf der Erde, sondern
unter der Erde ist."

Wiederum nach einer längeren Pause sprach die Hellseherin
weiter:

„Es scheinen diese Gestalten zu brennen, allein sie verbren-
nen nicht; das Feuer, das sie umgibt, geht von ihrem Innern
aus. In der Mitte des Saales aber steht dieser Geist, ein Coloß,
unbeweglich wie eine Statüe. Von ihm gehen nach allen Seiten
elektrische Strahlen aus, welche die Befehle sind für die hier Um-
sitzenden. Es scheint, diesem Geiste ist Macht gegeben, über die
Uebrigen, allein es ist noch Einer, der über ihm ist, und der
auch ihm gebietet. Sie alle waren Menschen, sie sind es aber
nicht mehr, sie sind im Reiche der Geister!"

Erinnern wir uns recht, so sagte die Seherin über das Feuer
selbst Folgendes:

„Dasselbe schlage nicht in Flammen auf, es sei kein Feuer,
wie das Feuer auf der Erde!"

Plötzlich erklärte die Seherin, daß der große Geist aus dem
Saale verschwunden sey, und im Augenblicke schüttelte sie heftig

den Kopf mit den Worten: „Pfui, das häßliche Thier!" Sie
sagte dann, daß das Kind wieder im magnetischen Schlaf liege
und der Geist in der Wohnung Senger's sich wieder eingefunden
habe, und daselbst wie gewöhnlich sein Wesen treibe. — Unter
Anderem sagte Madame C. ferner: „Wenn ich von diesem Geiste
geplagt würde, ich würde mir bald geholfen haben!"

„Was würdest Du denn thun, meine Liebe?" fragte Herr C.

„Ich würde Weihwasser sprengen und Bohnen werfen⁴)!"
war die Antwort.

„Was bedeuten denn das Weihwasser und diese Bohnen?"
fragte Herr C. weiter. Allein er erhielt keine Antwort mehr,
denn Madame C. streckte plötzlich die Glieder, bog das Haupt
ganz zurück und lag so mehr auf dem Canapée als sie saß. Ihre
Glieder wurden steif, die Hände lagen gefaltet auf dem Ober-
leibe; ihr Angesicht wurde bleich, wie das eines Todten und
kalt. Nicht ohne große Besorgniß um das Leben dieser merkwürdigen Dame standen die Anwesenden um sie herum, erwartend
das Weitere, was sich begeben werde.

In diesem Zustande lag Madame C. etwa fünf bis sechs
Minuten. Auf alle an sie gerichteten Fragen gab sie keine Antwort mehr; sie schien dem Tode verfallen. Endlich erhob sie sich
wieder, ihre Lethargie war verschwunden und zum Erstaunen der
Anwesenden gab sie jetzt unaufgefordert auf die Fragen Antwort,
die man während ihres lethargischen Zustandes an sie gerichtet
hatte. So sagte sie, das Weihwasser und die Bohnen seyen
ein Mittel zur Vertreibung böser Geister. Auch fing sie einmal

---

4) Der Curiosität wegen hängen wir dieser Stelle folgende Note an: Es
ist bekannt, daß man schon im höchsten Alterthume an den Rapport
der Bohnen mit den Verstorbenen und bösen Geistern glaubte. Bohnen, vorzüglich schwarze, wurden in Egypten den Todten dargeboten.
Ein Nilflußstein, der einer Bohne glich, diente zur Heilung Derjenigen,
die vom „bösen Geiste" besessen waren. Der griechische Philosoph
Pythagoras verbot seinen Anhängern Bohnen zu essen, und in ein
Bohnenfeld zu treten.

an zu weinen, daß die Thränen unter den Augenwimpern hervortraten, was nicht ohne Rührung anzusehen war. Auf die
Frage des Herrn C., warum sie denn weine? sagte sie: „Das
Kind werde von diesem Geiste so sehr geplagt, es müsse so viel
leiden, auch wimmere und klage es in diesem Augenblicke so sehr,
daß sie mit ihm weinen müsse. Ein andermal faltete sie die
Hände und betete.

Während der Dauer dieser magnetischen Sitzung herrschte
eine tiefe Stille in dem Saale, kein Laut ließ sich vernehmen,
kein Wort wurde gesprochen, das nicht nothwendig war. In der
That, es war eine feierliche Sitzung, welche den tiefsten Eindruck
bei den Anwesenden zurückließ, als mit dem Schlage eilf Uhr
Madame C. sagte: „Der Geist ist verschwunden, es ist Alles
vorbei, ich sehe nichts mehr!" — und sogleich gab sie auch den
Spiegel zurück.

Sie wurde nun von Herrn C. aufgeweckt, und interessant
ist es jedesmal zu sehen, wie sie sich dann im Kreise nach den
Anwesenden umsieht, ohne sie im Augenblicke zu kennen. Aber
bald war die berühmte Hellseherin wieder in jene freundliche
Dame verwandelt, die sich darum erkundigte, was sie über den
Klopfgeist Neues gebracht habe, da ihr nach dem Erwachen von
ihren Aussagen nichts bekannt ist. Das Merkwürdigste dabei ist,
daß Madame C. selbst nicht recht an den Klopfgeist glauben will,
und scheint es ihr unbegreiflich, auf welche Weise das Klopfen
und Kratzen in Senger's Hause hervorgebracht werde. Dies hat
sie sehr oft geäußert, worauf ihr jedesmal bemerkt wurde, daß
ja gerade sie die meisten Aufschlüsse über diesen räthselhaften Gegenstand gegeben habe.

Von dem Resultate dieser magnetischen Sitzung haben wir
absichtlich dem Vater des Kindes keine briefliche Mittheilung aus
Paris gemacht, vernahmen aber bei unserer Nachhausekunft von
demselben, daß dessen Kind, in magnetischen Schlaf verfallen, mit
Madame C. in sympathetischer Verbindung gestanden. Besonders
sagte an jenem Abend das Kind zu öftermalen: „Schafft mir

doch das häßliche Thier weg und den großen Vogel, was wollt
ihr denn mit den Vogel!"

Bei unserer Abreise von Paris, welche Montags, den 4. Oktober
vorigen Jahres Abends erfolgte, wurde abermals eine magnetische
Sitzung auf den nächsten Donnerstag anberaumt. Herr C. gab
uns beim Abschiede von seinen Haaren und er behielt von den
unsern in Paris.

Bei der auf den genannten Tag — 7. Oktober — Abends
zwischen 8 und 9 Uhr anberaumten magnetischen Sitzung sollte
nun der Versuch gemacht werden, ob Madame C. in Paris uns
in dem Zimmer der Philippine Senger zu Bergzabern sehe und
in sympathetischen Rapport mit uns treten könne, und ob auch
wir Madame C. sehen würden. Zu diesem Zwecke wurde dem
Kinde an jenem Abend das magnetisirte Stück Carton wieder
auf die Brust gelegt; wir sollten die Haare des Herrn C. in der
einen Hand behalten und mit der andern die Hand des Kindes
ergreifen und abwarten, was dann erfolgen werde. Herr C. selbst
würde dann in Paris ebenfalls unsere Haare in der einen Hand
halten und mit der andern die Hand seiner Frau ergreifen.

An dem genannten Abend wurde Alles in der angegebenen
Weise angeordnet, und — was wir ahnten, ist auch eingetroffen.
Alsbald verspürten wir die bei dem Magnetisiren eintretende,
etwas beengende Wärme auf der Brust, wodurch ein tiefes Athem-
holen hervorgerufen wird. Das Kind selbst fing wunderbarer
Weise an, uns das Gesicht, die Brust und die Arme zu magnetisiren, und gerade auf die nämliche Weise, wie dies Herr C. zu
thun pflegt, und alsbald waren wir in magnetischen Schlaf versenkt. Auch stellten sich die Zuckungen in den Armen ein, welche
gewöhnlich damit verbunden sind. Ungefähr nach einer guten
Viertelstunde wurden wir von dem gerade anwesenden Herrn
Doktor Beutner junior wieder aufgeweckt, was dadurch bewerk-
stelligt wurde, daß derselbe nach der Anordnung des Herrn C.
uns mit dem Papiere, in welches die Haare desselben eingewickelt
waren, mehreremale die Stirne rieb und das auf dem Kopfe,

den Augen und der Brust liegende, magnetische Fluidum durch
rasches Hin = und Herbewegen der Hand und durch Blasen über
den Kopf zu entfernen suchte.

Ungefähr 10 Minuten nachher, nachdem alle Anwesenden
aus dem Zimmer, in welchem die Philippine Senger lag, in
das Wohnzimmer getreten waren, begann die junge Hellseherin
mit einemmale folgendes interessante Gespräch:

„Ach, eine Madame! Eine Madame! Aber Du bist einmal
schön; wo kommst Du denn her? Nun, komm und setze Dich?
Aber was hast Du schöne Bänder in Deinen Haaren, gib mir
doch eins von diesen Bändern!" — Nach einer kurzen Pause:
„Aber wie Du sprichst, ich verstehe Dich ja nicht! — Ei, Ei,
wie sprichst Du denn!? — Und Du verstehest mich auch nicht!
Wie sonderbar! — Sie versteht mich nicht, und ich verstehe sie
nicht, — und da sollen wir mit einander sprechen, nein, das
kann ja nicht seyn!"

Wieder nach einer kurzen Pause:

„Der Herr soll kommen, der Herr, der fort war! Ei, so
komm' doch, komm' herein." Wir gingen eine Strecke vorwärts
bis gegen die Thüre des Schlafzimmers, aus welchem die Phi=
lippine Senger sprach und blieben stehen. Aber sogleich rief sie
wieder: „Ei dann komm' doch herein, komm' doch!" und wir tra=
ten zu ihr an das Bett. Als wir gegen dasselbe kamen, streckte
die junge Hellseherin beide Hände aus und erfaßte uns krampf=
haft fest an beiden Armen; und sogleich begann sie auch wieder
das Magnetisiren, was jedoch ohne Wirkung blieb.

Einige Tage nachher erhielten wir einen Brief des Herrn
Charles Soehnée aus Paris, in welchem es heißt, daß Madame
C. das Kind und uns gesehen, ein sympathetischer Rapport mit
uns aber nicht statt gehabt habe. Denn als die Philippine Sen=
ger erwacht war und von uns über das, was ihr vorgekommen,
befragt wurde, gab sie nicht allein eine ganz genaue Beschreibung
des Empfang-Zimmers und des Saales des Herrn C. in Paris,
sondern auch die Person der Madame C., beschrieb sie auf's Aller=

genaueſte, ihre Größe, ihr Ausſehen, ihre Kleidung, ihre Friſur, ſo daß die anweſenden Perſonen in das höchſte Erſtaunen ver- ſetzt wurden.

Wir kommen nun kurz auf die Verſuche zu ſprechen, welche in Paris mit uns über die Wirkungen des thieriſchen Magnetis- mus angeſtellt wurden.

Nachdem, was wir über den thieriſchen Magnetismus geleſen haben, iſt derſelbe eigentlich ein krankhafter Nervenzuſtand, in welchen die betreffende Perſon von ſelbſt verfallen kann, wie wir auch in Paris zu beobachten Gelegenheit hatten. Derſelbe kann jedoch auch durch Streichen mit den Fingerſpitzen und ſelbſt durch Firiren mit den Augen künſtlich hervorgebracht werden. Daß, wie behauptet wird, Perſonen verſchiedenen Geſchlechtes dazu nothwendig ſeyen, iſt unbegründet, und haben dies Herr E. und verſchiedene Doktoren der Medizin in Paris zur Genüge bewieſen. Die Wirkungen des thieriſchen Magnetismus ſind jedoch ſehr ver- ſchiedenartig. So wurde zu Paris bei Herrn E. ein ungefähr fünfzig Jahre alter Herr von einem jungen Arzte magnetiſirt; der Magnetismus wirkte ſo heftig auf ihn, daß er plötzlich am ganzen Körper ſo ſteif wurde, daß es auch nicht möglich war, mit der größten Gewalt ihm einen Arm zu biegen. Er fiel von dem Stuhle, auf dem er ſaß, wie todt zu Boden. Ein krankes Frauenzimmer, das täglich von Herrn E. mit dem beſten Erfolge für ihre Geſundheit in magnetiſchen Schlaf verſenkt wurde, mag- netiſirte eines Abends ein anweſender Arzt. Die Dame aber gerieth in eine wahrhafte Raſerei, fing laut an zu ſchreien und zu toben, indem ſie rief, der vor ihr ſitzende Arzt wolle ſie an- packen. Plötzlich packte ſie dieſen mit großer Gewalt an beiden Armen und warf ihn rücklings über den Stuhl, auf dem er ſaß. Als aber Herr E. herbeikam und ſie behandelte, war ſie wie ge- wöhnlich ganz ruhig und gelaſſen. — Der gelehrte Magnetologe und Redacteur des Journal du Magnetisme, Herr Baron du Potet, magnetiſirte einen taubſtummen Knaben, der, während er in mag- netiſchen Schlaf verſetzt war, Alles genau hörte. Man ließ Geld-

stücke auf den Boden fallen, sogleich drehte er sich um, den Kopf dahin
wendend, wo der Klang herkam. Man klatschte in die Hände, und er
gab sogleich durch Klatschen mit seinen Händen und hinweisen auf die
Ohren zu verstehen, daß er es gehört habe. Als er aus dem magneti=
schen Schlafe erwacht war, war er stumm und taub wie zuvor. Ebenso
machte Herr C. an uns verschiedene Versuche über die Wirkungen
des thierischen Magnetismus. So stach sich derselbe z. B. mit
einer Nadel auf die Hand, an den Kopf, auf das Knie 2c. 2c.,
nachdem er uns in magnetischen Schlaf versenkt hatte und vor
uns auf einem Stuhle saß — — und augenblicklich verspürten
wir den Stich an derselben Stelle des Körpers, wo Herr C. sich
hingestochen hatte, so daß wir im Anfange nicht anders glaubten,
als wir würden mit einer Nadel gestochen. So führte uns der=
selbe durch das Zimmer mit geschlossenen Augen, indem er näher
und auch in einer Entfernung von 3—4 Schritten die magneti=
schen Strahlen uns ausschließlich auf die Beine fallen ließ.

So kommen sehr viele Beispiele vor, welche alle anzuführen,
hier zu weit führen würde. Jedenfalls sind die Wirkungen des
thierischen Magnetismus sehr räthselhafter Art, nichts desto we=
niger aber sind sie begründet, und kein Mensch vermag dieselben
in Abrede zu stellen.

Haben wir nun genug von den Wundern geredet, die wir
in Paris selbst beobachtet haben und die dort fast täglich vorkom=
men, wollen wir nun wieder zu der Wohnung Sengers nach
Bergzabern zurückkehren und sehen, auf welche Weise der Klopf=
geist dort sein Wesen ferner treibt und bis jetzt getrieben hat.

Seitdem das Kind aus der Behausung des Kantonsarztes
Herrn Dr. Beutner in seine älterliche Wohnung zurückgekehrt ist,
hat das Klopfen und Kratzen daselbst — so wie vorher in dem
Hause des genannten Arztes — bis zu dieser Stunde kein Ende
genommen, im Gegentheile sich bei voller Gesundheit des Mäd=
chens immer stärker und auch veränderlich in seinen Weisen gezeigt.
So fing es im Monat November zu pfeiffen an, dann rollte es
in einem Kreise herum, wie wenn das Rad eines Schiebkarren

um eine trockene oder verroſtete Achſe geht. Das Merkwürdigſte
aber, was bis jetzt vorgekommen, iſt unſtreitig das im Monat
Oktober eingetretene Umherwerfen der Gegenſtände im Zimmer
und aus demſelben, was ungefähr 14 Tage lang anhielt.

Bevor wir zur Erzählung dieſer neuen Erſcheinungen kommen, halten wir für nothwendig, eine kurze Beſchreibung des
Zimmers, in welchem die Philippine Senger ſchlief, reſp. der Ein-
richtung desſelben zu geben.

Das Zimmer iſt ungefähr 18 Schuh lang und 8 Schuh
breit. In dasſelbe gelangt man durch das Wohnzimmer. Die
Eingangsthüre zu dem Schlafzimmer befindet ſich in der Mitte
und geht nach der rechten Seite hin auf. Zur Zeit als das
Werfen begann, ſtand das Bett des Kindes auf dem rechten
Ende des Zimmers, in der Mitte desſelben ein Kleiderſchrank
und am linken Ende der Arbeitstiſch Sengers, in welchem oben
auf der Platte ſich zwei ziemlich große Löcher befinden, die mit
einem halb runden Deckel zugedeckt werden können. An jenem
Abend, als das Werfen der Gegenſtände ſeinen Anfang nahm,
waren Frau Senger und die ältere Tochter Franziska an einem
Tiſche, welcher in der Mitte des Wohnzimmers ſtand, mit Boh-
nenputzen beſchäftigt, als auf einmal ein kleines hölzernes Rädchen aus dem Schlafzimmer in das Vorderzimmer geworfen wurde.
Die Familie Senger war über dieſen Vorfall um ſo mehr erſchreckt,
als ſie wußte, daß kein Menſch außer der jungen Philippine in dem Schlafzimmer war. Auch wurde das Rädchen
von der linken Seite hergeworfen, welches in der Schublade
eines auf der rechten Seite des Zimmers ſtehenden niedern Schrankes
ſchon lange gelegen war. Man war um ſo feſter überzeugt, daß
dasſelbe nicht von dem Kinde, das im magnetiſchen Schlafe im
Bette lag, herausgeworfen worden ſein konnte, da; wie oben
bemerkt, das Bett auf der rechten Seite des Zimmers ſtand,
wohin die Thüre aufgeht, und hätte der herausgeworfene Gegen-
ſtand abſolut an die Thüre anführen müſſen, und wäre er dadurch
natürlicherweiſe in ſeinem Laufe aufgehalten worden. Während

die Familie Senger über diese neue Erscheinung ihre Ver-
wunderung äußerte, platschte etwas gerade vor dem Tische auf
den Boden nieder. Nicht wenig erschreckt sprangen Frau Senger
und ihre Tochter von dem Tische auf, und siehe vor demselben
lag ein, vorher in einem Wasserbecken gelegenes, weißes nasses
Tuch, welches von dem Arbeitstische, auf welchem das Wasserbecken stand, hergeworfen wurde. Nicht ohne Angst nahm Vater
Senger das Licht und ging in das Zimmer. Aber wie groß war
sein Erstaunen, als er die Schublade an dem Schränkchen nicht
aufgezogen fand, trotzdem das Nädchen aus derselben herausgeworfen worden war. Bei diesem Nädchen lag noch ein Pfeifenkopf; das Wasserbecken stand auf dem Tische, das darin befind-
liche Wasser bewegte sich aber nicht; rund um das Becken war
kein Tropfen Wasser auf dem Tische zu sehen. Plötzlich rief das
Kind aus dem Bette: „Vater, gehe hinaus, er wirft! Gehet
alle hinaus, er wirft euch ja!" Sie gingen sogleich aus dem
Zimmer. Kaum waren sie in das Vorderzimmer getreten, als
der Pfeifenkopf mit großer Gewalt in dasselbe geworfen wurde,
ohne daß er zersprang, gleichzeitig kam ein Lineal, das die
Philippine Senger in der Schule benützt, hintendrein heraus-
geflogen.

Ueber diese neuen Vorkommnisse höchst erstaunt, saßen die
Familienglieder Senger fast sprachlos einander gegenüber. Jedes
derselben fühlte es, daß es in dem Wohnzimmer gefährlich werden könnte, daß man nicht sicher sey, durch das Werfen vielleicht
schwere Verletzungen zu erhalten, als plötzlich das armlange
und einen Zoll dicke Bügelholz Sengers nebst einem andern schweren halbrunden Stücke Holz aus dem Arbeitstische in die Stube
geworfen wurde. Senger trat wieder in das Schlafzimmer. Auf
seinem Arbeitstische waren die hölzernen Deckel nicht von ihrer
Stelle gerückt, trotzdem aber die in dem Tische gelegenen genannten Gegenstände herausgeworfen. Noch wurden an jenem
Abend die Kissen des Bettes und das Deckbett, letzteres nach der
Thüre zu geschleudert, erstere aber auf den betegten, auf der

rechten Seite des Zimmers stehenden, niederen Schrank gelegt. —
An einem anderen Tage hatte man dem Kinde ein erwärmtes,
sechs Pfund schweres Bügeleisen unter die Decke des Bettes zu
Füßen desselben gelegt. Nach einer Weile wurde das Bügeleisen in das Vorderzimmer geworfen, der Griff desselben aber
war abgeschraubt und lag auf einem Stuhle in dem Schlafzimmer. Ebenso wurden die Stühle im Zimmer umgeworfen, die
Fenster plötzlich aufgerissen, nachdem sie vorher fest verschlossen
worden waren. Wir waren Augenzeuge, daß man die Stühle
drei Schuhe weit von dem Bette in das Zimmer stellte; als man
sich nur nach der Thüre des Zimmers bewegte, und hinausgehen
wollte, lagen dieselben auf dem Boden, und wurden auch wieder
aufgestellt. So wurden einmal zwei Stühle auf die Decke des
Bettes gestellt, ohne daß ein Eindruck derselben in die Decke
bemerkbar war. An dem schon genannten 7. Oktober hatte man
ein Fenster des Zimmers fest mit den Reibern verschlossen und
ein weißes Tuch vor dasselbe befestigt. Man ging aus dem
Zimmer, als es plötzlich so starke Schläge an das Fenster that,
daß Alles erzitterte und die unten auf der Straße befindlichen
Leute vor Schrecken davon liefen. In diesem Momente trat man
in das Zimmer; das Fenster war aufgerissen, das Tuch auf den
neben stehenden niederen Schrank hingelegt, die Decke des Bettes
und die Kissen lagen auf dem Boden, das Kind im blosen
Hemde im Bette und die Stühle waren umgeworfen. — In
diesen 14 Tagen war die Ehefrau Senger besonders geplagt mit
dem immerwährenden Wiederherrichten des Bettes ꝛc. ꝛc. So
hatte man einmal eine Zieh-Harmonika auf einen Stuhl nie-
dergelegt, als plötzlich die Töne derselben sich vernehmen ließen.
Man trat, wie immer, schnell in das Zimmer, und, wie jedesmal, fand man das Kind ruhig in seinem Bette liegend, die
Harmonika auf dem Stuhle, deren Töne aber nicht mehr zu
hören waren. So kam es vor, daß eines Abends Vater Senger
aus dem Schlafzimmer seiner Tochter in die Wohnstube gehen
wollte, als ihm plötzlich das Kissen von einem Sessel, der in

2*

erſterem Zimmer ſtand, auf den Rücken geworfen wurde; gleich
darauf machten ein Paar alte Schlappen in dem Wohnzimmer
ihre Aufwartung, und ihnen nach folgten alle Schuhe, die ſchon
lange u n t e r dem Bette ſtanden, und unter welchen auch ein
Paar Holzſchuhe waren, die nicht wenig Gerumpel verurſachten.
Auch hatte man ſchon mehreremale ein Licht auf den Arbeitstiſch
geſtellt, das ſogleich ausgeblaſen wurde. Das Klopfen und
Kratzen fand abwechſelnd mit dieſen Scenen ſtatt, ebenſo die
Bewegung des Bettes durch unſichtbare Hand. Auf Kommando:
„Fahre das Bett hin und her!“ oder: „Fahre einmal das Kind!“
geht die Bettlade mit großem Geräuſche hin und her. Auf das
Kommando: „Halt!“ ſteht ſie wieder ſtill. Wir waren Augen=
zeuge, daß vier Männer ſich auf das Bett ſetzten und ſchwebend
daran hängten, um den Lauf der Bettlade zu hemmen, allein es
war vergebens, ſie wurden mit dem Bette hin = und hergefahren.
Nicht allein der Länge nach wird das Bett in Bewegung geſetzt,
auch nach ſeiner Breite finden die Bewegungen ſtatt.

Das Werfen der Gegenſtände in dem Zimmer und das
Aufreißen der Fenſter, der Schrankthüren ꝛc. hatte nach 14 Ta=
gen ein Ende genommen, dagegen hatten ſich wieder neue Er=
ſcheinungen eingeſtellt, von welchen wir hier ein Beiſpiel anführen
wollen, das am Abend des 26. Oktobers ſtatt hatte.

An dieſem Abend waren außer dem Berichterſtatter in
Senger’s Hauſe die Herren: Louis Soehnée, Licentiat der Rechte
und Capitän Simon, beide aus Weißenburg, ſowie Herr Sievert
von hier gegenwärtig. Von Herrn Sievert wurden der in ihrem
magnetiſchen Schlafe liegenden Philippine Senger ein Papier, in
welches Haare eingewickelt waren, der Curioſität wegen, in die
Hand gegeben, um zu ſehen, was die Schläferin allenfalls da=
mit vornehme. Sie öffnete das Papier, ſo daß die Haare aber
nicht zum Vorſchein kamen, und indem ſie daſſelbe über ihre
feſtgeſchloſſenen Augen legte und auch in gewiſſer Entfernung be=
trachtete, ſagte ſie: „Ich möchte aber doch jetzt wiſſen, was da
in dem Papier iſt. Da ſind Haare von einer Madame; aber

die kenne ich nicht. Ja, wenn sie kommen will, soll sie nur kommen, ich kann sie nicht einladen, ich kenne sie nicht." Auf die von Herrn Sievert an die Schläferin gerichteten Fragen wurden keine Antworten ertheilt. Mit dem Papiere und den Haaren wurden dann weiter verschiedene Experimente vorgenommen. So legte die Schläferin das Stückchen Papier auf die innere Hand, kehrte dieselbe um, streckte sie aus, und zum Erstaunen der Anwesenden sah man das Papier unten an der Hand frei hängen. Sie kehrte dann die Hand mehreremale um und schien sich darin zu gefallen, gewissermaßen Kunststücke mit dem Papier zu machen. So legte sie dasselbe auf die Spitze des zweiten Fingers, und indem sie die Hand eine Zeit lang im Halbkreise hin = und her= bewegte, sagte sie: „Du darfst mir nicht fallen", und als sie mit der Hand stille hielt — „jetzt falle" und das Papier fiel von dem Finger, ohne daß sie die geringste Bewegung mit der Hand gemacht hatte. Plötzlich kehrte sie das Gesicht gegen die Wand und indem sie sagte: „So, jetzt will ich dich einmal an die Wand nageln!" — nahm sie das Papier, hob das eine Ende desselben an die Wand, schlug mit der Hand darauf und — — das Papier klebte, zum höchsten Erstaunen der Anwesenden an der Wand. Als dasselbe ungefähr 5 bis 6 Minuten lang so gehängt hatte, nahm sie es selbst wieder ab. Man nahm ihr aber das Papier sogleich aus der Hand, und siehe — dasselbe war ganz trocken und nirgends bemerkbar, daß ein schleimiger Gegenstand die Ursache des Anklebens desselben gewesen wäre. An der Wand war nicht die geringste Veränderung zu bemerken. Wir erwähnen dabei, daß an jenem Abend immer Licht in dem Zimmer sein durfte, was früher nicht der Fall war, und konnten dabei alle Vorkommnisse auf das Genaueste beobachtet werden.

An den folgenden Abenden gab man ihr andere Gegenstände, Schlüssel, Geldstücke, Cigarren = Etuis, Uhren, goldene und andere Ringe in die Hand und alle Gegenstände ohne Ausnahme blieben an der Hand hängen. Man hat bemerkt, daß das Silber sich ganz besonders fest anhing, so daß sie oft Mühe hatte, silberne Geldstücke wieder abzubringen und das Abreißen derselben ihr Schmerzen in der Hand verursachte. — Das Merkwürdigste aber, was bis jetzt in dieser Beziehung vorkam, war, daß das Kind Samstags den 11. September einen 4 Pfund schweren Infanteriesäbel mit Kuppel von einem gerade anwesenden Offizier an den Mittelfinger der Hand hing und lange Zeit schwebend hinaushielt. — Auffallend ist aber, daß alle Gegenstände ohne Ausnahme, metallene wie andere an der Hand oder an dem Fingern des Kindes hängen bleiben. Ja selbst im wachenden Zustande und zu jeder Zeit hängen sich alle Gegenstände an deßen Hände. Auch theilt das Kind andern Personen durch Bestreichen deren Hände von seiner magnetischen Kraft mit und bei denjenigen, die dafür empfänglich sind, bleiben alle Gegenstände eben so wie bei dem Kinde hängen, worüber wir viele Beweise haben.

Der zu jener Zeit hier garnisonirende königl. Hauptmann, Herr Ritter von Zentner, kam durch diese Erscheinungen auf den Gedanken, eine Magnetnadel in die Nähe des Kindes zu bringen und deren Bewegungen zu beobachten. Bei dem ersten Versuche wich die Nadel fünfzehn Grad von dem Pole. Bei dem zweiten und dritten Versuche aber wich sie nicht von der Stelle, trotzdem das Kind den messingenen Behälter, in welchem die Magnetnadel sich befindet, in der einen Hand hielt, und mit der andern über denselben hinfuhr. Durch diesen Umstand wurde man in der bisherigen Meinung, alle Erscheinungen würden durch den Magnetismus hervorgebracht, völlig irre gemacht, sowie man sich auch darüber besprach, daß bis jetzt noch kein Beweis vorliege, daß der Magnet alle Gegenstände ohne Ausnahme, sondern nur das Eisen anziehe.

Bei den sogenannten Kunststücken, welche die Philippine Senger mit den oben erwähnten Gegenständen eine Zeitlang fast jeden Abend vornahm, kam noch folgendes Beachtenswerthe vor:

Gewöhnlich, wenn die Schläferin mit denselben beginnen
wollte, rief sie vorerst alle Personen aus dem Vorzimmer in das
Schlafzimmer vor ihr Bett, damit dieselben zusehen möchten.
Sie sprach dabei kein anderes Wort, als: Kommen! kommen!
oder: Gebt mir! gebt mir! Sehr häufig wurde sie nicht eher
beruhigt, als bis alle Personen ohne Ausnahme bei ihr vor
dem Bette standen. Als man auf den angegebenen Ruf sich
dem Bette näherte, verlangte sie mit großer Hast und Ungeduld
irgend einen Gegenstand, der sogleich, als sie ihn in die Hand
bekam, an den Fingerspitzen klebte. So kam es, daß sie oft
von 10, 12 oder noch mehr Personen verschiedene Gegenstände
bekam, von einer Person manchmal drei bis vier. Während des
Anhängens an die Hand duldete sie nicht, daß Jemand irgend
einen Gegenstand von dem Bette wegnahm. So schien sie besondern Gefallen an Taschenuhren zu haben. Sie öffnete mit
großer Geschicklichkeit dieselben, betrachtete aufmerksam das Innere,
schloß sie wieder und legte sie dann bei Seite, um nach einem
andern Gegenstande zu greifen. Am Ende vertheilte sie alle
Gegenstände, die bisher über- und untereinander auf der Bett-
decke gelegen waren. Das Merkwürdigste dabei war, daß die
Schläferin jedem Anwesenden den Gegenstand hinreichte, der ihm
eigenthümlich zugehörte. Sie betrachtete ihn mit ihren geschlossenen Augen und suchte unter den Umstehenden diejenige Person
heraus, deren Eigenthum er war. Reichte eine Person, welcher
der Gegenstand nicht gehörte, mit der Hand darnach, so wurde
er gleich zurückgewiesen. Unmöglich kann man annehmen, daß
sie sich die Personen gemerkt habe, denen die einzelnen Gegenstände angehörten, indem meistens beider Anzahl zu groß war,
wenigstens muß angenommen werden, daß kein anderer Mensch
dieß zu vollbringen im Stande wäre. Als sie mit dem Vertheilen
fertig war, mußten alle Personen sich entfernen, und nun begann
das Klopfen und Kratzen, das bisher ganz verstummt war.

Noch muß angeführt werden, daß die junge Senger nie
duldete, daß sich Jemand unten zu Füßen des Bettes zwischen

dieſes und den Kleiderſchrank hinſtellte, eine Stelle von ungefähr
einem Fuß breit; wer ſich dorthin poſtirte, wurde ſogleich von ihr
mit ängſtlichen Geberden weggejagt. Weigerte ſich Jemand hin=
wegzugehen, ſo hatte ſie gar keine Ruhe mehr, und ſetzte ununter=
brochen ihre Aufforderungen durch Zeichen mit der Hand fort, ſich
von dieſer Stelle zu entfernen. Auch warnte ſie einmal in einer
Rede, die ſie Abends im magnetiſchen Schlafe hielt, vor dem
Betreten dieſer Stelle, indem ſie nicht dafür gut ſtehe, daß einem
dort ein Unglück paſſire. Ihre Warnung, dieſe Stelle nicht zu
betreten, war ſo eindringlich, daß die bekannten Perſonen dieß auch
für die Folge unterließen.

Nun hatte ſich nach einiger Zeit zu dem Klopfen und Kratzen
ein Brummen geſellt, das ganz natürlich den Ton der dicken
Baßgeigſaite nachahmt, verbunden mit einem eigenthümlichen
Pfeifen. Jeder, der ſich einen Marſch oder Tanz beſtellt, bekommt
einen ſolchen aufgeſpielt. Ja der Spieler iſt ſehr freigebig; er
ruft durch Kratzen den Perſonen des Hauſes oder auch fremden
Anweſenden bei ihrem Namen. Dieſe verſtehen auch bald, wer
es gemeint iſt. Auf den Ruf des Kratzens ſagt die betreffende
Perſon „ja“, zum Zeichen, daß ſie den Ruf verſtanden habe,
und nun wird für dieſe Perſon ein Stückchen aufgeführt, was
oft zu recht luſtigen Scenen Veranlaſſung gibt. „Sagt eine
Perſon, welche nicht gemeint iſt, „ja“, ſo kratzt es gleich „nein“,
wieder zum Zeichen, daß der Kratzer für dieſen Augenblick nichts
mit ihr zu thun haben wolle. Am Abende des 10. November
hat ſich dies zum erſtenmale ereignet und bis heute ununterbrochen
fortgedauert.

Unſere Leſer werden fragen, wie denn der „Klopfer“ durch
Kratzen die Namen der Anweſenden rufen könne? Wir wollen
verſuchen, hierüber in einige Zeilen Aufſchluß zu ertheilen.

Schon vor mehreren Monaten bemerkte man, daß der
Klopfer, auf verſchiedene Fragen, oder auf Verlangen dies oder
jenes zu thun, entweder mit einem ſcharfen lauten, oder mit
einem ſanften, ſchlängelnd geführten Streichen Antwort gab.

Sobald der scharfe, kurz abgebrochene Ton sich vernehmen ließ, begann der Klopfer das zu thun, was man von ihm verlangte, ließ sich aber der schlängelnd geführte leise Ton hören, so wurde dem Verlangen der betreffenden Person von Seiten des Klopfers keine Folge gegeben. Ein Arzt kam nun zuerst auf den Gedanken, den kurzen scharfen Ton für „Ja", den schlängelnd geführten leisen Ton aber für „Nein" gelten zu lassen, und wirklich hat sich dieß auch bis heute immer bestätigt, sobald Fragen an den Klopfer gerichtet werden, oder man sonst etwas an ihn verlangte. Später hat man bemerkt, daß er durch mehrere, nach einander geführte, bald stärkere, bald leisere Zeichen des Kratzens auch seinerseits etwas von den anwesenden Personen verlange; und durch öfteres Zuhören, so wie durch die Art und Weise wie der Ton sich vernehmen ließ, konnte man erkennen, was der Klopfer wollte. So hat Herr Senger erzählt, daß es Morgens, wenn der Tag komme, beinahe jedesmal die Worte kratze: „Vater steh' auf!" Senger wußte natürlich anfangs nicht, was der Ton zu bedeuten habe, als er mehreremale bemerkte, daß es eher nicht in der angegebenen Weise zu kratzen aufhörte, bis er aus dem Bette aufgestanden war. Unsere Leser werden sich hieraus auch das Rufen der Namen anwesender Personen erklären können.

Mittlerweile nahte der Jahrestag, an welchem der Klopfer zum erstenmale sich hören ließ, heran, und es traten nunmehr sehr häufig Aenderungen in dem Zustande der Philippine Senger ein. Das Klopfen, Kratzen, Brummen ꝛc. dauerte fort, und neben diesem ließ sich jetzt ein Schreien vernehmen, das bald dem Geschrei einer Gans, eines Papagei's, oder überhaupt dem Geschrei eines großen Vogels glich. Auch ließ sich ein Picken an die Wand vernehmen, das ganz deutlich so anzuhören war, als picke ein Vogel mit dem Schnabel den Kalk von der Wand los. In dieser Zeit sprach die Philippine Senger viel in ihrem magnetischen Schlafe und beschäftigte sich häufig mit einem häßlichen Thiere, das sie sähe, so wie mit einem

großen grauen Papagai, der unten zu Füßen auf der Bettlade
fitze, schreie und an die Wand picke.

Auf den Wunsch, der Papagai möge schreien, fing es
laut, oft sehr laut zu schreien an. Man stellte verschiedene Fragen, die alle durch Schreien beantwortet wurden. Unter Anderm
wurde von vielen Personen befohlen: „Schrei einmal Kakadu!" —
und ganz deutlich ließ sich das Wort „Kakadu" hören, so wie
der Vogel dieses Namens gewöhnlich schreit. — Wir übergehen
die unbedeutenderen Vorkommnisse jener Zeit, und beschränken
uns blos auf die Mittheilung des Bemerkenswerthesten mit besonderer Beachtung der Veränderungen des körperlichen Zustandes der Philippine Senger.

Einige Zeit vor Weihnachten zeigten sich die Erscheinungen
jeden Tag mehr, das Klopfen und Kratzen wurde heftiger, an-
haltender, und alle paar Tage ereignete sich etwas Neues. Die
Philipine Senger, öfters sehr unruhig, verlangte in jener Zeit
beinahe jeden Abend aus ihrem Kinderbette in das daneben
stehende große Bett der Eheleute Senger. Unter beständigem
Herumwälzen in ihrem kleinen Bette, rief sie fast immer: „Ich
kann nicht mehr hier bleiben, ich ersticke fast, der will mich ein-
mauern, helft mir doch"! und wirklich beruhigte sie sich nicht
nicht eher, als bis sie in das große Bett gebracht war. Kaum aber
war sie darin, als sich das Klopfen in mächtigen Schlägen von
oben her vernehmen ließ. Die Schläge waren derart, als befände
sich auf dem Speicher ein Zimmermann, der mit dem stumpfen
Theile seiner schweren Axe auf die Balken klopfe. Sie waren
so heftig, daß das Haus erzitterte, die Fenster rasselten, und die
anwesenden Personen verspürten die Erschütterung an den Füßen.
Deßgleichen schlug es an die Wand, neben welcher das Bett
steht. Auf die Fragen, die man stellte, wurde auch durch dieses
Klopfen Antwort ertheilt. In dem Bette selbst ließ sich aber
das Kratzen gerade so wie in dem andern Bette vernehmen und abwechselnd mit dem Klopfen von Oben, that es auch
Schläge an die Bettlade, in welche das Kind soeben gebracht

worden war. — Weiter kam noch folgendes Bemerkenswerthe
und Interessante zu öfternmalen vor:

Als man gewöhnlich einige Zeit weder das Klopfen noch
Kratzen vernahm und die Philippine Senger in dem kleinen
Kinderbette lag, sah man dieselbe plötzlich in fast knieender
Stellung mit gefalteten Händen und geschlossenen Augen. Man
trat mit dem Lichte in das Zimmer und alle anwesenden Personen
belagerten jetzt das Bett.

Das Kind bog sich nun mit einemmale zurück, neigte das
Gesicht nach allen Seiten des Zimmers, richtete die festgeschlosse-
nen Augen bald rechts, bald links, als wenn sie etwas Merk-
würdiges, für sie sehr Interessantes betrachte. Bald umzog ein
freundliches Lächeln ihren Mund; sie neigte sich vornehm nach
allen Seiten, als wolle sie sich Jemanden empfehlen, streckte die
Hand aus, und man sah, wie dieselbe Bewegungen machte, als
wenn die Schläferin Freunden oder Bekannten die Hand drücke.
Plötzlich nahm sie wieder ihre vorige Stellung ein, faltete die
Hände, neigte ihr Haupt bis auf die Decke des Bettes herab,
richtete sich wieder mit festgefalteten Händen empor — und gewöhnlich bald darauf fing sie an zu weinen, daß die Thränen unter
den Augenwimpern hervortraten. Sie seufzte dabei tief auf und
schien inbrünstig zu beten. Während dieser Scenen hatte die
Philippine Senger ihr Aeußeres ganz verändert. Ihr Gesicht
wurde leichenblaß, und hatte sie in der That das Aussehen einer
gebildeten Frauensperson von 24 bis 25 Jahren. — Dieser Zustand dauerte oft über eine halbe Stunde, während welcher Zeit
sie kein Wort sprach und nur manchmal den Ausruf: „Ach! Ach!"
hören ließ. Das Klopfen, Kratzen, Brummen, Schreien — Alles
war verschwunden, bis sie plötzlich wieder erwachte. Nach dem
Erwachen aber war sie so matt und abgespannt, daß sie kaum
ihre Arme in die Höhe heben konnte, auch blieb nicht mehr der
leichteste Gegenstand an ihrer Hand hängen. Es ließ sich dann
auch sogleich der Klopfer wieder vernehmen, um durch Aufführ-
rung irgend eines lustigen Stückchens die schwermüthigen Eindrücke

zu verscheuchen, welche die kurz vorausgegangene Scene auf die
Gemüther der Anwesenden geworfen hatte.

Neugierig, was der jungen Senger wohl vorgekommen seyn
möge, verlangte man einigemale zu wissen, was sie denn gesehen
habe. Sie konnte erst auf mehrmaliges Bitten dazu gebracht
werden, bis sie erzählte: Sie habe Christus auf den Berg Gol-
gatha führen und kreuzigen sehen. Der Schmerz der heiligen
Frauen am Fuße des Kreuzes und die Kreuzigung des Heilandes
selbst habe einen Eindruck auf sie gemacht, den sie Niemanden
beschreiben könne. Auch habe sie Schaaren von Frauen in schwarzen Kleidern und Jungfrauen und Jünglinge in weißen langen
Kleidern prozessionenmäßig geordnet, gesehen, wie sie in einer
schönen Stadt die Straßen dahingezogen seyen, und zuletzt habe
sie sich in einer schönen großen Kirche befunden, und einem
Trauergottesdienste beigewohnt.

Plötzlich aber änderte sich der Zustand der Philippine Senger
in einer Weise, der anfänglich Besorgniß für die weitere Gesundheit derselben erregte, denn sie fing an im wachenden Zustande ganz irre zu reden und zu phantasiren; sie kannte weder
ihre Eltern noch ihre Geschwister, noch sonst ihr bekannte Personen und mit dieser neuen Erscheinung war eine völlige Taubheit verbunden, welche vierzehn Tage mit Unterbrechung anhielt.
Die nähere Beschreibung dieses Zustandes dürfen wir nicht unter-
lassen, da derselbe viel Interessantes darbietet.

Die Taubheit der Philippine Senger stellte sich Mittags um
3 Uhr ein und dieselbe erklärte, daß sie jetzt einige Zeit taub
bleiben und kränklich würde. Merkwürdig aber war es, daß sie
plötzlich ihr Gehör wieder bekam und auf eine halbe oder ganze
Stunde sich dieses Sinnes wieder erfreute. So sagt sie nach einigen
Tagen die Stunden voraus, wann sie wieder hören und wann sich
die Taubheit wieder einstellen werde. Unter Anderm prophezeite
sie einmal bei Tage, daß sie am Abend um halb 9 Uhr eine
halbe Stunde wieder hören werde, und wirklich, um halb neun
Uhr Abends war das Gehör zurückgekehrt, um 9 Uhr aber schon

wieder verschwunden. Während der Taubheit des Kindes waren dessen Züge ganz verändert, sie hatte ein mehr dummes Gesicht, während ihre Gesichtszüge im entgegengesetzten Zustande ganz anders waren. Es konnte auch gar nichts auf sie Eindruck machen, sie saß oft da und begaffte mit stierem Blick die Anwesenden, ohne sie zu kennen. Man konnte sich ihr nur durch Zeichen verständlich machen, und sehr häufig gab sie auch, auf, durch Zeichen an sie gerichteten Fragen, gar keine Antwort, sondern schaute einem gerade in's Gesicht, plötzlich eine in ihrer unmittelbaren Nähe sich befindende Person an den Arm stoßend und fragend: „Du, wer ist denn der?" — Während dieses Zustandes lag sie zu öfternmalen, wohl über 1½ Stunde lang unbeweglich im Bette. Ihre Augen waren halb geöffnet und meistens auf einen Punkt gerichtet; nur sah man manchmal den Augapfel plötzlich nach einer Seite hinfahren, aber bald wieder in die Mitte des Auges zurückkehren. Sie war dabei ohne alle Empfindung, der Puls ging kaum vernehmbar. Ihre Unempfindlichkeit war bis zu einem solchen Grade gesteigert, daß sie nicht die geringste Bewegung mit dem Auge oder einem Gliede des Körpers machte, als man ihr ein Licht gerade vor die Augen hob, sie schien wirklich todt zu seyn.

So kam während ihrer Taubheit einmal vor, daß sie des Abends im Bette, aber im wachenden Zustande eine Schiefertafel und Kreide verlangte. Sie schrieb auf die Tafel: „Um 11 Uhr werde ich etwas sagen, aber ich will Ruhe und Stille haben!" Sie fügte diesen Worten fünf Zeichen bei, die Ähnlichkeit mit lateinischer Schreibschrift hatten, die aber Keiner der Anwesenden erkennen konnte. Man schrieb auf die Tafel, daß man diese Zeichen nicht verstehe. Als sie dies gelesen hatte, sagte sie: „Gelt, das könnt Ihr nicht lesen!" und schrieb darunter: „Es ist nicht deutsch, es ist eine fremde Sprache!" — Hierauf kehrte sie die Tafel um und schrieb auf die andere Seite: Fränzchen, (ihre ältere Schwester) soll sich an den Tisch setzen und aufschreiben, was ich sagen werde!" und begleitete diese Worte wieder mit den

nämlichen fünf Zeichen, die den ersteren auf der anderen Seite
der Tafel vollkommen gleich waren und reichte dieselbe hin.
Als sie bemerkte, daß man die Zeichen noch nicht verstehe, begehrte
sie die Tafel wieder und schrieb darauf: „Es sind dies eigene
Gebete!"

Kurz vor 11 Uhr sagte sie: „Jetzt haltet Euch nur ruhig,
es sollen sich Alle setzen und aufmerken!" — und mit dem Schlage
11 Uhr fiel sie im Bette zurück und lag in ihrem gewöhnlichen magne=
tischen Schlaf. Nach einigen Augenblicken begann sie länger als eine
halbe Stunde zu sprechen. Unter Anderm sagte sie, daß jetzt im
Laufe des kommenden Jahres Erscheinungen in ihrem Hause vor=
kommen würden, die kein Mensch begreifen könne, überhaupt
würden alle Versuche, die Ursachen der Erscheinungen zu entdecken,
fruchtlos bleiben. Es möge hier eingeschaltet werden, daß man
vergangenen Herbst und Winter den Klopfer zu östernmalen fragte,
wie viel Jahre er noch klopfen und kratzen werde und es that
jedesmal 8 Schläge. Am 2. Januar 1853 wiederholte man diese
Frage und jetzt that es nur 7 Schläge.

Während der Taubheit der jungen Senger kam auch das
Umwerfen der Gegenstände im Zimmer, das Aufmachen der Fenster
und Ausblasen des Lichtes, das auf dem Arbeitstische im Schlaf=
zimmer stand, mehreremale wieder vor. So ereignete es sich an
einem Abend, daß 2 Schildkappen, welche an einem Zapfenbrette
im Schlafzimmer hingen, auf einen Tisch in das Vorzimmer ge=
worfen wurden. Die Kappen trafen ein auf dem Tische mit
Milch angefülltes Gefäß, das umfiel und seinen Inhalt auf den
Tisch ergoß.

Die Schläge, die bisher an das Bett geschahen, waren von
solcher Kraft, daß durch sie das Bett hin = und zurückgeworfen
wurde, auch wurde das Bett auf andere Weise als durch das
Klopfen oft sehr schnell und mit großem Geräusche hin = und
herbewegt.

Da man vergangenen Herbst und Winter hie und da
noch immer der Meinung war, die Sache sey Betrug, oder das

Kind kratze mit den Händen oder Füßen, trotzdem wohl zu hun-
dertmalen von glaubwürdigen Personen beobachtet worden war,
daß die Philippine Senger die Hände oben auf der Decke liegen
hatte, während es klopfte und kratzte, — so versuchte Herr Hauptmann von Zentner durch ein Experiment sich von dem Gegentheile der aufgestellten Behauptungen zu überzeugen. Man nahm
zu diesem Zwecke zwei große Teppiche von den Betten aus der hiesigen
Kaserne, legte dieselben zusammen und auf einander über die Ma-
tratze und das Leintuch des Bettes, entkleidete die junge Senger
bis auf das Hemde und ihre Nachtjacke und legte sie gerade auf
die Teppiche in das Bett. Die Teppiche waren mit etwas langen
Haaren versehen, so daß es ganz unmöglich war, durch das Da-
rüberfahren mit den Fingerspitzen einen so lauten Ton wie der
des bisherigen Kratzens, das man zuweilen unten auf der Straße
vernahm, hervorzubringen. Kaum aber lag die Philippine Senger
auf den Teppichen als das Kratzen unter denselben sich im nämlichen Tone wie bisher vernehmen ließ. Deßgleichen klopfte es
auch, wie immer an die Bettlade, an den danebenstehenden Kleiderschrank und aus demselben heraus — Alles dieses auf Kommando und wie man es verlangte.

Ferner sind noch folgende Thatsachen von Interesse: Es
ereignete sich früher schon und ebenso heute noch sehr oft, daß,
wenn einer der anwesenden Personen irgend ein Lied ganz leise
oder auch laut pfiff oder sang, der Klopfer dazu accompagnirte,
und zwar waren die Töne, die man vernahm von der Art, als
rührten sie von zwei, drei oder vier Instrumenten her, denn man
hörte kratzen, klopfen, pfeifen und brummen zu gleicher Zeit und
in dem Takte des vorgesungenen Liedes. Nun aber verlangte
auch der Klopfer auf die angegebene Weise von einer der anwesenden Personen, daß dieselbe ein Lied singen solle. Es kratzte
nämlich den Namen der betreffenden Person und als man errathen
hatte, wer mit dem Kratzen gemeint sei, sagte dieselbe: Soll ich
ich Dir etwas singen? — worauf gleich „Ja" entweder durch
einen starken Schlag an die Bettlade oder durch Kratzen erfolgte.

Hierauf wurde gefragt, ob man dies oder jenes Lied singen solle, und es erfolgte nun die Antwort mit „Ja" oder „Nein". Das Lied wurde gesungen und durch Klopfen, Kratzen, Brummen oder Pfeiffen vollkommen im Takt begleitet. Sehr oft begehrte der Klopfer das Lied: „Großer Gott, wir loben dich", dann wieder ein lustiges Stückchen. Auch wurde ihm mehreremale ein Lied in französischer Sprache von Kaiser Napoleon dem I. vorgesungen, zu welchem er ebenfalls accompagnirte. Nach dem Absingen des Liedes sagte man: „Nun jetzt spiele einmal die Melodie des Liedes von Napoleon ohne daß man es dir vorsingt", und zum Erstaunen Aller fing es die Melodie ganz richtig von Anfang bis zu Ende zu spielen an. Dasselbe ist auch der Fall bei andern Liedern.

So ging es nun die ganze Zeit hindurch in Senger's Hause ununterbrochen mit Klopfen, Kratzen ꝛc. fort — bei Tag wie bei Nacht, im wachenden wie im schlafenden Zustande des Kindes, bis am 4. März die Erscheinungen in ein neues Stadium traten und eine höchst merkwürdige Thatsache am Abend des genannten Tages sich ereignete. Ueber diese Erscheinungen haben wir im Bergza-berner Wochenblatt Nr. 19 und 25 umständlich berichtet; wir lassen daher auch den fraglichen Artikel aus Nr. 25 dieses Blattes hier wörtlich folgen und bemerken dabei, daß diese neuen Erscheinungen sich nur von Freitag den 4. bis Mittwochs den 9. März Abends zeigten und seitdem etwas Derartiges nicht mehr vorgekommen ist, nur, daß die Philippine Senger damals nicht mehr in dem bisherigen Zimmer schlief, sondern deren Bett in das Wohnzimmer gebracht wurde und sich heute noch daselbst be-findet. Die kurze Einleitung des Artikels übergehen wir nicht, damit unsere Leser sehen, welches große Interesse man allseitig an den neuen Erscheinungen genommen hat:

„Bergzabern, 31. März. Seit dem Erscheinen des Wo-chenblattes Nr. 19, in welchem der Artikel über den „Klopfgeist" zu lesen ist, erhalten wir fast täglich Briefe aus verschiedenen pfälzischen Städten, ja sogar erging von München an uns das Ersuchen, Exemplare des Blattes Nr. 19 zu übersenden, oder den in diesem Blatte enthaltenen Artikel noch einmal zu veröffentlichen. Indem wir dem vielseitig gestellten Verlangen nachträglich entsprechen, bemerken wir, daß wir von dieser Nummer mehr Exemplare als gewöhnlich erforderlich drucken werden. Der Artikel in Nr. 19 ist datirt vom 8. März und lautet also:

„Nach Ablauf einiger Monate müssen wir wieder einmal etwas über den sogenannten Klopfgeist in Sengers Hause dahier berichten, der in diesem Augenblick ärger als je sein Wesen treibt. In der That, die Erscheinungen in genanntem Hause haben sich in einer Weise verändert, die alle früher aufgestellten Vermuthungen und theilweisen Behauptungen von Betrug 2c. über den Haufen wirft. Die jetzigen Vorkommnisse und Thatsachen gleichen dem Anfange fast gar nicht mehr und vergeblich hat man bis heute geforscht, irgend welche Anhaltspunkte zur Entdeckung der Ursachen dieser sonderbaren, höchst merkwürdigen Erscheinungen zu gewinnen.

Bekannt ist, daß in dem Zimmer, in welchem die Philippine Senger schlief, sehr oft schon die Stühle um= und andere Gegenstände aus demselben in das Vorzimmer geworfen, daß es an die Fenster mit größer Gewalt klopfte und diese schnell aufgemacht wurden 2c.

Nun liegt seit fünf Wochen das Kind in dem Wohnzimmer, in welchem immer Licht ist, wodurch Alles auf das Genaueste beobachtet werden kann.

Am verflossenen Freitag — am 4. März — ereignete sich nun in diesem Zimmer folgende Thatsache: Die Philippine Senger war nicht zu Bette und saß im Kreise der anwesenden Personen, welche von dem „Klopfgeiste" sich unterhielten, als plötzlich eine Schublade an dem sehr gewichtigen und großen Tische, der in dem Wohnzimmer steht, mit starkem Geräusch und außerordentlicher Schnelligkeit von unsichtbarer Hand aufgezogen und auch wieder zugemacht wurde. Die anwesenden Personen wurden durch diese neue Erscheinung in das höchste Erstaunen versetzt, als auch plötzlich sich der Tisch von seiner Stelle bewegte und sowohl vorwärts in das Zimmer als auch seitwärts nach dem Ofen zu

3

fortgeschoben wurde. Die Philippine Senger saß auf dieser Seite in einem Lehnstuhle. Sie wurde aber durch das immer nähere Heranrücken des Tisches aus ihrem Stuhle herausgedrängt und sprang in die Mitte des Zimmers, und siehe, der Tisch bewegte sich nun vorwärts in das Zimmer, so daß er anderthalb Schuhe von der Wand abstand.

Man richtete ihn in seine erste Lage. Er blieb auch ruhig; aber plötzlich wurden ein Paar Mannsstiefeln, welche unter dem Tische standen, und die Jedermann sehen konnte, einer nach dem andern mit großer Gewalt mitten in die Stube geworfen, so daß die anwesenden Personen von Neuem nicht wenig erschreckt wurden. Auch ging eine der Schubladen noch zwölfmal aus und ein, bald schneller bald langsamer, endlich ganz langsam; auch wurde die Schublade, nachdem sie aufgezogen war, mit starkem Geräusche auf und ab bewegt. Ein Paquet Tabak, das auf dem Tische lag, wurde hin- und hergescheibelt. Auch klopfte und kratzte es aus dem Tische heraus. Wie schon gesagt, war die Philippine Senger, welche beiläufig bemerkt, sich der besten Gesundheit erfreut, im Kreise der anwesenden Personen sitzend und stehend, und gerieth selbst über das, was sie sah, in große Angst.

Seit am Freitag haben sich diese neuen Erscheinungen jeden Abend gezeigt, besonders interessant aber am Sonntag Abend. Die junge Senger war ebenfalls nicht im Bette, als die eine Tischschublade wieder mehreremale schnell aufflog und zugemacht wurde. Plötzlich, nachdem die Philippine Senger vorher noch durch das Schlafzimmer gegangen war, fiel sie in einen Lehnstuhl und lag in ihrem gewöhnlichen magnetischen Schlafe. Nachdem sich mehrere Male das Kratzen auf dem Stuhle hatte vernehmen lassen, wobei die Hände der Schläferin in ihrem Schooße lagen, bewegte sich der Stuhl bald nach der rechten, bald nach der linken Seite, bald nach vornen und bald rückwärts. Man sah auf der einen Seite die beiden Füße des Stuhles in die Höhe gehoben, währenddem die beiden andern auf dem Boden standen und so

der Stuhl balancirend hin= und herbewegt wurde. Man führte
die schlafende Philippine Senger in die Mitte des Zimmers und
brachte auch den Stuhl, auf welchem man sie wieder niedersetzte,
um die Bewegungen mit demselben genauer beobachten zu können.
Mit einem Male aber drehte sich der Stuhl nach dem Commando
bald rechts, bald links im Kreise herum, bald schneller bald lang=
samer, bald vor= bald rückwärts, so daß man, bei dem höchsten
Erstaunen, sich des Lachens nicht erwehren konnte. Währenddem
der Stuhl sich im Kreise bewegte, schleiften die Füße der Philip=
pine Senger so auf dem Boden hin, als wenn eine plötzliche
Lähmung ihrer Gliedmaßen eingetreten wäre. Sie klagte auch
während ihres sonderbaren Tanzes über Schmerzen im Kopfe,
was sie durch lautes Jammern kund gab, auch legte sie zu öftern
Malen die Hand an die Stirne. Als sie wie gewöhnlich, schnell
aus ihrem unnatürlichen Schlafe auffuhr und erwachte, konnte sie
ihre Lage gar nicht begreifen und schaute nach allen Seiten um.
Alles Unwohlseyn war verschwunden. Sie legte sich bald darauf
zu Bette und das Klopfen und Kratzen, das sich vorher am
Tische und Stuhle vernehmen ließ, hörte man jetzt mit erneuerter
Kraft und in den lustigsten Weisen aus dem Bette. Da es sich
früher einmal ereignete, daß eine kleine Schelle, welche man
auf das Bett gestellt hatte, ihre Töne vernehmen ließ, so kam
man auf den Einfall, das Schellchen zu diesem Zwecke wieder zu
benützen. Man band dasselbe mit Kordel an das Gitter der
Bettlade an. Kaum war es angebunden, als man das Schellen
vernahm und das Schellchen selbst mit Gerappel hin und her ge=
schleudert wurde. Das Merkwürdigste aber, was hiebei vorkam,
war, daß, als auch die Bettlade sich in Bewegung setzte, das
Schellchen ganz ruhig hing und keinen Ton von sich gab; ein
andermal bewegte sich das Bett und man hörte auch schellen.
Gegen 12 Uhr ließ sich nichts mehr vernehmen und die Anwe=
senden entfernten sich.

Am Montag, den 5. März, Abends, wurde eine große
Schelle an das Bett befestigt. Alsbald fing es mit derselben zu

3*

schellen an, was den Ohren gerade nicht sehr angenehm war. Auch wurden an jenem Tage des Nachmittags plötzlich die Fenster in dem Wohnzimmer und die Thüren wiederholt aufgemacht, ohne daß man das geringste Geräusch vernahm.

Noch haben wir nachzutragen, daß der Stuhl, auf welchem Freitags und Samstags die Philippine Senger saß, von deren Vater ergriffen wurde, um ihn in die Mitte des Zimmers zu stellen, als dieser bemerkte, daß der Stuhl außerordentlich leicht sey, und wie es scheine, von einer andern Kraft getragen werde. In der Mitte des Zimmers versuchte einer der Anwesenden den Stuhl fortzuschieben, und siehe, er ging mit derselben unerklärlichen Leichtigkeit auf dem Stubenboden hin."

Fast unmittelbar auf das Erscheinen dieses Artikels im „Bergzaberer Wochenblatte" waren in verschiedenen Zeitungen und Lokalblättern Aufsätze zu lesen mit der Ueberschrift: „Das Tischrücken", welche gewissermaßen als Antworten auf den Artikel in genanntem Blatte hätten angesehen werden können, wäre anzunehmen, daß das Bergzaberer Wochenblatt bei seinem kleinen, auf den diesseitigen Kanton beschränkten Leserkreise, und als Lokalblatt in die Bureaus größerer Zeitungen und Journale gekommen sey. Die erschienenen Aufsätze über das Tischrücken, wenn dies auch mit dem Tischrücken in Sengers Hause nichts gemein zu haben scheint, sind aber jedenfalls eine Bestätigung dieser Thatsache, und geeignet nicht allein jeden Zweifel über das SelbstFortbewegen des Senger'schen Tisches, sondern auch über alle in dieser Schrift aufgeführten Thatsachen um so mehr schwinden zu machen, als das Bewegen des Tisches mit dem Umwerfen der Stühle rc. in nächste Verbindung gebracht werden dürfte, und dieß offenbar die wichtigsten und interessantesten Ereignisse in Sengers Hause sind.

Wir erlauben uns nun, eine kurze Betrachtung über das künstliche Tischrücken und das freiwillige Fortbewegen des Tisches und Stuhles in Sengers Hause anzustellen und dürften vielleicht die geehrten Leser mit uns gleicher Ansicht werden, daß das Erstere mit dem Letzteren wohl schwerlich verglichen werden kann.

Während nämlich dort zum Selbstfortbewegen eines Tisches mehrere Personen in gewisser Activität sich befinden müssen, so ist es hier gerade das Gegentheil, indem in Sengers Wohnung kein Mensch auch nur mit einer Fingerspitze den viereckigen Tisch berührte, sondern derselbe ganz allein, ohne irgend ein Experiment, von seiner Stelle ging und dessen Schubladen auffuhren und auch wieder zugemacht wurden. Auch bewegte sich der Tisch in Sengers Hause nicht von Süden nach Norden, sondern gerade umgekehrt, von Norden nach Süden, sowie von Osten nach Westen.

Man hat nun bezüglich des Tischrückens in Sengers Wohnung geltend zu machen versucht, daß die magnetische Kraft, die der jungen Philippine Senger innewohne und von ihr ausströme, so stark sey, daß sie — diese Kraft — den Tisch angezogen habe und dieser der jungen Senger nachfolgen mußte. Dieser Ansicht dürfte jedoch entgegenzusetzen sein, daß ein freiwilliges Fortbewegen lebloser Gegenstände, wie das des Tisches, seit der Zeit, als die Philippine Senger sich in dem magnetischen Zustande befindet, noch nicht vorgekommen ist, und daß dieser Zustand bei ihr auch jetzt noch fortdauert, sie in ihren magnetischen Schlaf verfällt, daß aber der Tisch sich nicht mehr fortbewegt. Folgerichtig muß doch angenommen werden, daß die Bewegungen des Tisches fortdauern müßten, so lange sich die Philippine Senger, von welcher die magnetische Kraft ausströmen soll, in dem Zimmer befindet, gerade so, wie die Tische sich fortbewegen müssen, mit welchen das bekannte Experiment vorgenommen wird, die aber im entgegengesetzten Falle gewiß nicht von der Stelle rücken werden.

Ferner dürfte noch das schnelle Zufahren und langsame Zuschieben der Schublade an Senger's Tisch, ohne menschliche Beihülfe hier von Bedeutung sein. Wollte man annehmen, das Fortbewegen des Senger'schen Tisches sey durch die dem Mädchen innewohnende und von ihm ausströmende magnetische Kraft ver-

anlaßt worden, so dürfte man auch nicht verwerfen, daß der
Magnet nicht allein eine anziehende, sondern auch eine fort=
drückende, resp. langsam fortschiebende Kraft habe, wo=
von man aber, wenigstens bis jetzt, noch nichts gehört hat.
Auch wäre das Scheibeln des Paquets Tabak auf
der Oberfläche des Tisches noch zu erklären. — Es
bleibt daher das Tischrücken in Sengers Hause ohne mensch=
menschliche Beihülfe jedenfalls merkwürdiger und unerklär=
licher, als das künstliche Tischrücken, das nur durch äußere, künstlich
verursachte Einwirkung hervorgebracht werden kann.

Wir haben nun noch nachzutragen, daß der Klopfer in
Senger's Hause an den drei Tagen: Gründonnerstag, Char=
freitag und Charsamstag keinen Ton von sich gab. Erst am
Ostersonntage Morgens, gerade als die Glocken zum Gottesdienste
läuteten, that er wieder den ersten Schlag an die Bettlade und
spielte ein Stückchen auf. — Am ersten April dieses Jahres als
die hiesige Garnison wechselte, und das Militär mit klingendem Spiele
durch die Straßen der Stadt nahe dem Senger'schen Hause vor=
beizog, spielte er dasselbe Musikstück an der Bettlade, das eben
von dem Militär aufgespielt wurde. Auch war in dem Zimmer
schon früher einigemale ein Geräusch zu vernehmen, als wenn
Jemand durch das Zimmer gehe und Sand streue.

Die Hohe königliche Regierung der Pfalz hat nun den Erschein=
ungen in Sengers Hause dahier ihre Aufmerksamkeit zugewendet, und
dem Vater des Kindes den Vorschlag gemacht, dasselbe zur wei=
tern Beobachtung auf einige Zeit in die Krankenanstalt nach
Frankenthal bringen zu lassen, worauf auch Senger einging, und
so befindet sich nun dessen Tochter seit dem 30. Mai in dem all=
gemeinen Krankenhause zu Frankenthal. Aber wir vernehmen
bereits, daß die Erscheinungen daselbst ganz dieselben sind, wie
hier in Bergzabern und die Aerzte bis jetzt ebensowenig heraus=
gebracht haben, was den Erscheinungen zu Grunde liegt, wie die
hiesigen und alle andern, die seit anderthalb Jahren hierherkamen und
die Thatsachen mit angesehen und angehört haben. Wir vernehmen

ferner, daß in Frankenthal nur Aerzten der Zutritt zu dem Kinde
gestattet werde. Weßhalb diese Maßregel angeordnet wurde, ist
uns nicht bekannt. Wir werden daher uns auch nicht erlauben,
dieselbe zu tadeln, glauben aber, daß, wenn diese Anordnung
nicht die Folge ganz besonderer Umstände ist, es vielleicht besser
wäre, wenn man jedem gebildeten Manne den Zutritt ge-
statten, dagegen der unwissenden Menge den Eingang ver-
schließen würde.

Wir lassen nunmehr die in unserem Vorworte beregten
Aktenstücke folgen und machen mit der Einleitung, die Herr Baron du Potet der Veröffentlichung unserer ersten Schrift in dem
»Journale du Magnètisme« vom 10. Februar 1853 vorausgehen
ließ, den Anfang. Dieselbe lautet also:
„Wir treten in das Feld des Wunderbaren ein. Unsere
ersten Schritte sind wankend und unsicher, und dennoch sind wir
ohne Furcht, obgleich es eine Masse von Thatsachen gibt, welche
die Wissenschaft, die sich positiv (science exacte) nennt, nie hat
untersuchen wollen, und welche die moderne Philosophie mit allen
ihren Kräften verwirft. Diese Thatsachen, von welcher Natur sie
auch seyen, und wie man sie auch auslegt, müssen einer strengen
Kritik unterworfen werden. Sind dieselben menschliche Erfindun-
gen, so müssen sie gebrandmarkt werden; sind sie aber Wirkungen unbekannter Agenten, natürlicher oder göttlicher Kräfte, so ist
es unsere Pflicht, dieselben zu beleuchten, und mit Sorgfalt an
dasjenige anzuknüpfen, was bisher im Magnetismus unerklärbar war.
Bei den Gelehrten herrscht eine große Scheu vor dem Wunderbaren. Alles, was nicht als materieller Agent erscheint, jede
Ahnung, jeder Blick in die Zukunft, Alles, was herkömmlich von
Erscheinungen gesagt wird, jede Offenbarung, Alles endlich, was
von verborgenen Kräften herzurühren scheint, dieß Alles ist ihnen

anstößig. Anstatt zu untersuchen, welches Band die moralische
Welt mit der physischen verbindet. Alle verwerfen selbst den
Schein von Glauben, den man ihnen geneigt wäre, zuzutrauen.
Ja, aus Eitelkeit nennen sie sich starke Geister (esprits forts),
die nichts annehmen, ob es gleich offenbar ist, daß das Geheimniß
der Schöpfung beleuchtet werden kann, daß unsere Seele himm-
lische Verwandtschaften hat, und daß dieselbe Kräfte besitzt, die
über den Körper reichen, in dem sie eingekerkert sind.

Was mich anbetrifft, so fürchte ich die Gelehrten nicht; ich
sehe sie an wie Kinder, denen man ein Alphabet geben muß,
um sie lesen zu lernen. Ich lade sie daher zu einem neuen Studium
ein, indem ich ihnen das Alphabet der Zauberei und der Magie
in die Hände gebe. Sie werden ohnfehlbar ihre Stimme erheben,
daß sie keine Herenmeister seyen; dieß ist auch zur Genüge bekannt,
und dennoch werden sie einst Mann für Mann zu uns übertreten
müssen, denn die Wahrheit hat eine unwiderstehliche Kraft. Früh
oder spät muß man dieselbe annehmen, oder man wird von ihr
zermalmt, und aus der Asche der Todten erweckt sie eine neue
Generation.

Liebe Leser, ich halte euch alle fest; ich klopfe an der Thüre
euerer Erkenntniß an. Wollt ihr mir dieselbe öffnen, oder nicht,
ihr gehöret mir an, denn Etwas, das in euch verborgen ist, wird
euch, auch wider euern Willen, antworten. Eure Vernunft wird
Nein sagen, aber ein geheimnißvolles in euch wohnendes Wesen
wird Ja schreien. Euer Erstaunen wird groß seyn; und der Er-
folg meiner Bemühungen dauerhaft. In der neuen Ordnung der
Dinge bin ich entschlossen, eine Reihe von Erscheinungen vorzu-
führen, welche sich sowohl auf die Geschichte, als auf die Volks-
sagen gründen.

Es wird sich dann zeigen, wer Recht haben wird, die Gelehrten, oder Wir, oder vielmehr, ob die Natur es ist, die lügt,
oder unsere hochgelehrten Professoren der Schulen und die Akademiker.

Zuerst führe ich unerklärte Erscheinungen von einer besondern
Art an; dann wird von Thatsachen die Rede seyn, die sich in

Amerika zugetragen haben und unter dem Namen geistiger Mittheilungen bekannt sind."

Herr Baron du Potet läßt nun hier den „Klopfgeist in
Bergzabern" folgen. Unmittelbar nach demselben bringt er
die Correspondenz eines Gelehrten, Namens J. Lermier aus Dijon,
welche die Klopfgeistergeschichte in Montoillot erzählt. Wir lassen
dieselbe nach ihrem Wortlaute in der Uebersetzung folgen:

Der Klopfgeist

zu Montoillot bei Dijon, übersetzt aus dem Journal du magnétisme, per M. le Baron du Potet, Tome 12, pag. 69—72.

Mein lieber Herr du Potet!

Hier ist die Erzählung, wovon ich Ihnen gesprochen habe.
Sie rührt von einer glaubwürdigen Person her, deren Charakter
und wissenschaftliche Bildung sichere Bürgschaft geben, daß die angegebenen Thatsachen streng untersucht worden sind. Ich meines
Theils finde dieselben hinlänglich bewährt und theile sie Ihnen
deshalb mit, um auch in Etwas beizutragen, das Licht auf solche Ereignisse werfen kann. Mögen Sie nach Belieben davon Gebrauch machen.

Ich lasse nun meinen Berichterstatter reden:

„Die außerordentlichen Begebenheiten, von denen ich Ihnen
neulich zu Dijon gesprochen habe, sind vorgekommen zu Montoillot,
einem kleinen Dorf im Kanton Sombernou. (Département de la Côte
d'or). Sie wissen, daß ich meinem Charakter nach die gemeinsten
Sachen nicht ohne Prüfung annehme. Hier aber ging ich besonders
mit bedachtsamen Schritten voran, selbst ein gewisses Mißtrauen in
mich setzend, ob ich mich ja nicht täusche. Mehrmals habe ich
meine Fragen an die Augenzeugen gestellt. Unter denselben befinden sich einige, die besonders darum um so mehr Glauben
verdienen, weil sie systemathische Ungläubige waren, dies aber nicht
mehr seyn können, weil sie in den Fall gekommen sind, entweder dasjenige zu läugnen, was ihre Augen gesehen, ihre Ohren gehört, oder zu gestehen, daß sie ohne Inconsequenz nicht mehr

ungläubig sein können. Unter so vielen Thatsachen aber will ich
nur folgende, hinlänglich geprüfte, anführen.

Eine Wittwe und ihre zwei Töchter wohnten bei einander
in einem Haus im Weiler Montoillot. Noch ehe der Schmerz
über den Verstorbenen gelindert war, wurden diese drei Weiber
durch einen ungewöhnlichen Lärmen beunruhigt. Man hörte
deutlich an den Mauern Schläge, wie von Menschenhänden her-
rührend. Ein Schlag allein kam nicht zum Vorschein. Fünfzehn
oder zwanzig Schläge folgten regelmäßig auf einander, die letzten
aber immer stärker, als die ersten. So z. B. waren die ersten
fast unmerkbar, verstärkten sich aber in dem Grad, daß sie in
den benachbarten Häusern auf 60 Schritte in der Runde hörbar
waren. Da man vermuthete, es stecke eine Bosheit von irgend
Jemand dahinter, so wurde das Haus streng bewacht. Mehrere
Männer versteckten sich darinnen, um die Ursache des Gehämmers
zu entdecken. Jeder Winkel wurde untersucht. Während man
aber in dem einen Zimmer Untersuchungen anstellte, so klopfte
es in dem Nebenzimmer, dann auf dem Speicher und von dort
herunter wiederum an die Wand. Man vermuthete nun, daß
dieselbe hohl seyn müsse, und daß vielleicht drinnen ein sonst
unschädliches Thier sich aufhalte, das den Schrecken in der
Umgegend verbreitete. Durch die Maurer wurden nun die Wände
von unten bis oben untersucht. Diese befanden sich aber im besten
Zustand, so daß man auf eine andere Auslegung der Ursache
zu denken genöthigt war. Unterdessen klopfte es beständig fort,
und es schien, als wollte der Klopfer seine Nachforscher necken,
denn bald klopfte er auf einem Komod, bald auf die Bettlade,
bald oben, oder bald unten an irgend einem Meubel. Dieß
verursachte vielen Spaß, den drei Weibern aber jagte es Schrecken
ein. Da die Wittwe nun glaubte, die Seele ihres verstorbenen
Mannes könnte die Ursache des Lärmens seyn, so wollte sie für
dessen Seelenheil etliche Messen lesen lassen. Der Herr Pfarrer,
allem Aberglauben feind, und sonst in Allem sehr behutsam, wil-
ligte endlich ein, die Messen zu lesen, weil dieselben, von dem

Verstorbenen begehrt oder nicht, ihm doch nützlich seyn könnten. Von dieser Zeit an hörte es in der Wohnung der Wittwe auf zu klopfen, wo es doch vorher fast jeden Tag während fast zwei Monaten gehämmert hatte. Obgleich unerklärbar, war diese Thatsache in der ganzen Gegend bekannt und von Niemand in Zweifel gezogen.

Nur wenige Einwohner von Montoillot, die nicht Augen⸗ zeugen waren, suchten Alles auf, um der Sache eine natürliche Erklärung zu geben.

Einer unter ihnen zeichnete sich besonders durch seine Wi⸗ derspenstigkeit, dasjenige zu glauben, aus, was er nicht begreifen konnte. Ich bin weit entfernt, ihn deßhalb zu tadeln, weil ihm aus mehreren Ursachen der Zweifel erlaubt war. Erstens war er Geometer, und es ist bekannt, daß die mathematischen Wissen⸗ schaften den Geist in Sachen der Proben nur durch die Evidenz hinreißen. Dann konnte er auch den verschiedenen Auslegungen, den Uebertreibungen, dem Weiber ⸗ Geschwätz keinen Glauben beilegen.

Was ging aber nun vor? In einer gewissen Nacht schrie auf einmal, voll Schrecken ergriffen, die Magd dieses Geo⸗ meters, daß sie bei ihren Füßen gezogen werde. Dann fing es an, in dessen Haus zu hämmern, wie vorher in der Wohnung der Wittwe. Dieß war nun eine schöne Gelegenheit, auf die Spur des Klopfers zu kommen, und alles nur Erdenk⸗ liche wurde deßhalb angewendet. Während 6 Wochen, bei Tag oder bei Nacht, konnten sämmtliche Bewohner der Gegend kom⸗ men, um klopfen zu hören und sich den Kopf über die Ursache dieses Gehämmers zerbrechen. Der Klopfer aber wurde nirgends gefunden. Meubel, Betten, Strohsäcke, Matrazen, Wände, alles wurde genau untersucht vom Erdgeschoß bis zur Wetterfahne, alle Bemühungen aber blieben unfruchtbar.

Das Geräusch kam oft von verschiedenen Orten her; es gehorchte auf das Commando und wurde stärker, wenn man es wünschte.

Es wechselte selbst in der Art: Einmal kamen Hammer-
schläge vor, entweder an der Mauer oder an den Meubeln.
Dann tönte es, als zerreiße man ein Tuch oder fahre mit scharfen Nägeln über die Umhänge herab.

Etwas noch viel Außerordentlicheres darf ich nicht mit Still-
schweigen übergehen. Ein Stuhl, auf dem sich Kleider befanden,
gerieth in eine so heftige Bewegung, daß alles davon herunter
fiel; dann sah man denselben Stuhl, durch eine unsichtbare Hand
getrieben, im Zimmer herum spazieren. Einer meiner Verwandten,
der dieß einst mit zusah, wendete alle seine Kräfte an, um den
Stuhl stehen bleiben zu machen. Er wurde ihm aber aus der
Hand gerissen, und von selbst ging er in das entgegengesetzte
Eck des Zimmers.

Hier, mein Herr, endigt meine Erzählung.

Der Geometer glaubt nun an das, was er gesehen und gehört hat; ich halte es aber für Pflicht, ihn nicht bei seinem Namen zu nennen. Thatsachen dieser Art sind im Allgemeinen schlecht
aufgenommen. Sie veranlassen unangenehme Gespräche für Diejenigen, die davon überzeugt sind. Am besten thun diese also,
wenn sie schweigen.   H. G."

Mein Correspondent fügt hinzu:

„Im Fall Sie im Sinne hätten, meine Mittheilungen veröffentlichen zu lassen, so bitte ich Sie, mich nur durch die An-
fangsbuchstaben zu bezeichnen. Ich fürchte im Geringsten nicht,
daß man meine Angaben als falsch erklären werde. Ich schäme
mich auch nicht, zu sagen, daß ich an diese und andere ähnliche
Thatsachen glaube; ich glaube aber auch, daß mein Stand und
das Kleid, das ich trage, mir aus einer gewissen Zurückhaltung
eine Pflicht machen.

Ich habe deutlich, ohne ihn jedoch bei seinem Namen zu
nennen, den Hauptzeugen dieser Thatsachen bezeichnet. Was die
andern Zeugen betrifft, so habe ich es nicht gewagt, sie erkennt-
lich zu machen. Ich hätte zuerst um ihre Einwilligung nachsuchen
müssen. Sollten Sie glauben, daß durch diesen Umstand es mei-

ner Mittheilung an genügsamer Garantie fehlt, so ist es besser, wenn sie nicht veröffentlicht wird."

Bis hierher mein Correspondent, dessen Bericht ich Ihnen wortgetreu übersende.

Genehmigen Sie nun, Herr Baron, die Versicherung meiner innigen Hochachtung.

J. Lermier.

Dijon, den 30. Dezember 1852.

Folgt nun das andere in dem Vorwort genannte Aktenstück von Dr. Justinus Kerner, also lautend:

„Ich stimme mit Herrn Dr. Beutner überein, daß dieses „Mädchen 5) sich in einem idiosomnambulen Zustande befindet. Was „jene Töne von Klopfen u. s. w. betrifft, so wollen wir anneh- „men, daß sie durch ungewöhnliche Muskelbewegungen in dem „somnambulen Zustande des Mädchens entstanden, hätte man „sich dessen bei ihren Anfällen aber doch mehr durch genaue Un- „tersuchung versichert, als wirklich geschehen sein mag. Es erin- „nert uns diese Geschichte sehr an die schon im vierten Bande „letzten Heftes des Magikons erzählte Spuckgeschichte aus Eng- „land, wo auch neben anderm Spuck das unerklärliche Klopfen „und Kratzen (doch ohne, daß ein Somnambules in der Nähe „war) statt hatte, und auch niedergesetzte Commissionen zur Un- „tersuchung der Sache nichts an den Tag brachten. Auch erinnert „sie an die Mittheilungen aus Amerika im achten Jahrgang „zweiten Hefts des Magikons, wo ebenfalls ohne die Gegenwart „eines Somnambulen sich auf die ganz gleiche Weise, wie in „Bergzabern, ein Klopfgeist hören ließ, der auf Fragen, wie „dort, durch die Anzahl von Schlägen, die er that, Antwort „ertheilte.

„Am merkwürdigsten und auffallendsten aber ist die Ge- „schichte eines solchen unerklärlichen Klopfens, wie es sich zu „Dibbelsdorf in Niedersachsen zutrug und in der hier nachstehenden

---

5) Die Philippine Senger.

„Geschichte erzählt ist. Auch hier konnten jene Töne unmöglich
„von den Muskelbewegungen eines Somnambulen kommen, weil
„kein solcher vorhanden war. Auch hier hatten die genauesten
„Untersuchungen und Verhöre nicht den Ursprung dieses Klopfens
„ermittelt, namentlich auch keinen Betrug aufgedeckt, so, daß
„dadurch in jener Gegend der Glaube an einen Klopfgeist fest=
„gegründet wurde."

Dr. Justinus Kerner.

Die Geschichte des Klopfgeistes zu Dibbelsdorf in Niedersachsen.

(Magikon. Archiv für Beobachtungen aus dem Gebiete der
Geisterkunde ꝛc. Von Dr. Justinus Kerner. 5. Band,
pag. 288—292).

Die Geschichte des Klopfgeistes zu Dibbelsdorf in Nieder=
sachsen hat neben der humoristischen Seite auch eine Culturge=
schichte, wie aus den hohen Aktenstößen und den 1811 daraus
von einem Prediger, Capelle, mitgetheilten Auszügen hervorgeht.

Im letzten Monat des Jahres 1761 läßt sich zu Dibbels=
dorf im Hause des Kothsassen Anton Kettelhut, Abends 6 Uhr,
am 2. Dezember, in der Wohnstube plötzlich ein Klopfen hören,
das aus der Tiefe zu kommen schien. Der Hausvater meint,
sein Knecht hämmere, um den Mägden in der Spinnstube einen
Schabernack zu spielen und geht hinaus, um dem Burschen einen
Eimer Wasser über den Kopf zu gießen; aber er findet den Knecht
draußen nicht. Nach einer Stunde wiederholt sich das Pochen
und Klopfen, und man meint nun, es möge wohl von einer
Ratte herrühren. Am andern Tage werden Wände, Decken und
Fußböden aufgerissen, aber man findet nicht das kleinste Loch.

Am Abend wiederhohlt sich das Klopfen, das Haus wird
für nicht geheuer geachtet, die Mägde wollen dort ferner keine
Spinnstube halten; aber bald nachher nimmt das Pochen ein
Ende, um nun in dem etwa 100 Schritte entfernten Hause des

Kothsassen Ludwig Kettelhut, der ein Bruder Antons war, sein Wesen noch stärker zu treiben. Dort „rumorte das Kloppedings" besonders zur Abendzeit in einer Nebenecke.

Den Bauern wurde am Ende die Sache bedenklich, und der Amtsgeschworene machte Anzeige beim Gericht, das sich anfangs mit der ihm lächerlich erscheinenden Sache nicht befassen wollte, endlich aber auf wiederholtes Andringen der Bauern am 6. Januar 1768 in Dibbelsdorf erschien, um genau zu untersuchen. Alles Einreißen von Wänden und Decken war fruchtlos, und die ganze Familie Kettelhut konnte mit gutem Gewissen einen Eid ablegen, daß ihr die Ursache des Rumors unbekannt sey. Bis dahin hatte man mit dem „Kloppedings" noch nicht geredet. Endlich faßte ein Mann aus Waggum sich ein Herz und fragte: „Klopfgeist bist du noch da?" Und das Dings hämmerte. Auf die Frage: „Wie heiß ich denn?" klopfte der Geist zu, als unter mehreren Namen der rechte genannt wird. Jetzt werden auch die übrigen Bauern dreist, und einer ruft: „Wie viel Knöpfe habe ich an meiner Kleidung?" Es klopft 36mal hintereinander, man zählt die Knöpfe und findet die Zahl 36 richtig.

Von nun an verbreitete sich der Ruf des Geistes in den weitesten Kreisen, allabendlich pilgerten Hunderte von Braunschweigern nach Dibbelsdorf; auch neugierige, reiche Engländer fanden sich ein; die dort aufgestellte Abtheilung Landsoldaten war zu schwach, den Andrang der Menge abzuhalten; die Bauern mußten die Nachtwachen mehren, und in das Klopfzimmer wurden die Hörlustigen einzeln hinter einander durch ein Spalier eingelassen, so groß war der Zudrang.

Dieser Beifall scheint den Geist zu größern Dingen aufgemuntert zu haben, er steigerte sich zu staunenswerther Vollkommenheit, er war offenbar ein der Perfectibilität fähiges Wesen. Um Antworten zeigte er sich nie verlegen. Hier einige actenmäßig beglaubigte Thatsachen. Fragte man ihn nach der Zahl und Farbe der vor dem Hause stehenden Pferde, so gab er allemal beide richtig an. Man schlug ein Gesangbuch auf und fragte nach

der Nummer des Gesanges, welche der Fragende mit dem Finger
bedeckte, und die er selbst noch nicht kannte. Dann pochte es,
und die unterirdischen Schläge trafen allemal genau mit der Nummer zu. Nie besann sich der Geist etwa lange, sondern allezeit
folgte die Antwort unmittelbar auf die Frage. Er gab an, wie
viel Menschen zugleich in der Stube waren, er klopfte so vielmal
als Leute draußen auf der Flur standen; er bezeichnete durch Zu-
klopfen die Farben ihrer Haare und Kleider, Stand und Gewerbe.

Unter den Neugierigen befand sich auch ein Mann aus
Stettin, der in Dibbelsdorf ganz unbekannt und erst seit Kurzem
in Braunschweig war. Er fragte den Geist nach seinem Geburts-
ort, wollte ihn irre leiten und nannte eine Menge Städte-Namen.
Als Stettin über seine Lippen kam, klopfte es zu. Ein schlauer
Bürgersmann, der den Klopfgeist sicher fangen wollte, hatte einen
Beutel mit Pfennigen in der Tasche und fragte nach der Anzahl
der Stücke. Die richtige Antwort war 681. Das Dings klopfte
einem Bäcker die Anzahl der am Morgen gebackenen Zwiebäcke zu,
einem Kaufmann die Ellen Band, welche er am Tage vorher ab-
gemessen, einem andern die Summe Geldes, welche er vorgestern
auf der Post empfangen hatte. Er war überhaupt muntern Tem-
paraments, pochte auf Verlangen auch im Dreschflegel- und Scheuer-
takte, und zwar so entsetzlich laut, daß den Leuten Hören und
Sehen verging. Wurde beim Nachtessen das Gebet gesprochen, so
verfehlte er niemals beim Amen zu klopfen, was aber einen glau-
benstapfern Küster nicht hinderte, in vollem Ornat als Teufels-
banner den bösen Geist aus seinem Winkel vertreiben zu wollen.
Die Beschwörung war vergeblich. Der Geist fürchtete sich vor
nichts und gab dem regierenden Herzog Karl und dessen Bruder
Ferdinand eben so resolute und richtige Antworten, wie allen
übrigen Menschenkindern.

Von nun an nimmt die Historie einen tragischen Verlauf.
Der Herzog beauftragt einen Arzt und Rechtsgelehrten, die Sache
zu untersuchen. Die gelehrten Herrn erklären das Klopfen aus
der Wirkung — unterirdischer Quellen. Sie lassen 8 Schuh

tief bohren und finden natürlich Wasser, denn Dibbelsdorf liegt hart an den üppigen Schunterwiesen. Die Stube füllt sich mit herausquellendem Wasser, aber der Geist klopft, nach wie vor, in demselben Winkel. Nun vermutheten die Männer der Wissenschaft Betrug und erzeigen einem Knecht die Ehre, ihn für das allwissende „Kloppedings" zu halten. Er wolle, meinen sie, die Mägde damit äffen. Alle Dibbelsdorfer werden angewiesen, zu einer bestimmten Zeit in ihren Stuben zu bleiben; auch der Knecht wurde beaufsichtigt, denn gerade ihn hatten die Gelehrten scharf auf's Korn genommen. Aber der Klopfgeist beantwortete ihnen alle Fragen. Man mußte den Knecht unbedingt von der Theilnahme am Spuck freisprechen.

Aber die löbliche Justiz wollte einmal ein Opfer haben. Sie hielt sich also an die Eheleute Kettelhut, wohlhabende, redliche, unbescholtene Menschen, die selbst über das Treiben des Klopfgeistes in Verzweiflung waren, und sie brachte eine junge Kindsmagd durch Drohungen und Versprechungen dahin, daß diese erklärte, sie glaube, daß die Eheleute Kettelhut das Klopfen bewirkten. Darauf hin wurden beide sogleich ins Gefängniß geworfen. Freilich schwört nun die Magd unter Thränen, man habe sie von Seiten der Gerichtsherren verleitet, eine Lüge zu sagen, ihre Herrschaft sey so gewiß unschuldig, wie der Herr im Himmel lebe, und sie widerruft feierlich. Doch man behält Mann und Frau im Zuchthause, obwohl der Geist auch dann noch ununterbrochen fortklopft. Erst nach drei Monaten werden die Gefangenen ohne Entschädigung entlassen, und die hochweisen Commissarien berichten dem Herzog: „daß sie zwar alle nur mögliche Wege (!) „der Untersuchung eingeschlagen, aber nichts entdeckt hätten, was „Licht in dieser Sache gebe, deren Aufklärung der Zukunft vor„behalten sey." Aber diese Erklärung hat bis heute auf sich warten lassen.

Der Klopfgeist machte sich bemerkbar von Anfang Dezembers bis in den März; dann wurde er still.

Zuletzt kam man wieder auf den Gedanken, der schon er-
wähnte Knecht müsse alle diese Streiche verübt haben. Doch wie
konnte der Knecht wissen, was zwei Herzoge, was Aerzte, Ge-
richtsbeamte und viele Hunderte aus dem Publikum ausgesonnen
hatten, um dem Geist eine Falle zu legen, in welcher er doch niemals gefangen wurde?

Wenn ich nicht irre, so ist jener Dibbelsdorfer Klopfgeist
der erste seines Ordens, denn, und so viel ich mich erinnere,
kommen Wesen dieser Art in dem gräßlichen Buche: de Panurgia
lamiarum Sagarum etc. etc. Hamburg 1587, in 4°, nicht vor.
Dieses plattdeutsch geschriebene, nun sehr seltene Werk, ist von
Magister Samuel Meigerius verfaßt und gibt für die Culturge-
schichte des 16. Jahrhunderts reiche Ausbeute, während Nicolai
Rimigii Daemonolatria, oder Beschreibung von Zaubern und Zau-
berinnen, Hamburg, 1693, Octav, eine Fülle der merkwürdigsten
Anekdoten enthält; aber die Klopfgeister fehlen da, wie dort[6]).

Folgt nun noch ein

Auszug

aus der Seherin von Prevorst, von Dr. Justinus Kerner,
2 Theile, 1829. (Zweiter Theil, pag. 27—28).

„Menschen, die im Zimmer der Frau Hauffe schliefen, wäh-
„rend ihr wachend Geister erschienen und zu ihr sprachen, theilte
„sich das Gefühl ihrer Anwesenheit im Schlafe oft wie ein Traum
„mit, den sie dann nach dem Erwachen erzählten. So scheinen
„Tod, Geisterleben, Schlaf und Traum mit einander verwandt
„zu sein und oft in einander überzugehen.

---

6) Es scheint jedoch, daß schon in älteren Zeiten sich derartige Erscheinungen (Klopfgeister) in den Häusern kundgegeben haben, denn die
Alten sprachen bei der Einsegnung der Häuser ein Gebet, das darüber
keinen Zweifel zuläßt: Dieses Gebet lautet:
„Vertreibe von hier, Allmächtiger, die bösen Geister, die Ge-
„spenster und jeden Geist, der klopft (!), und verbiete ihnen den
„Eingang in dieses Haus“.

„Frau Hauffe behauptete, daß Menschen, die nicht mit dem
„eigenthümlichen Sehen der Geister, wie sie, begabt seyen, die-
„selben im Winter noch eher, als im Sommer zu sehen fähig
„seyen, weil im Winter der Mensch mehr nach Innen, im Som-
„mer mehr nach Außen lebe. Es ist auch unbestreitbar, daß im
„Winter das tellurische Leben überwiegt und seine Erscheinungen
„vorzüglich um das Solstitium hiemale eintreten. Daher die ma-
„gische Bedeutung der heiligen Zeit (Advent) und der 12 Nächte
„(von Weinachten bis den 6. Januar) und die Bezeichnung der-
„selben als die eigentliche Geisterzeit. (S. Kiefer Tellurismus S. 95).

„Hörbar waren diese Geister den verschiedensten Menschen,
„aber nicht wenn man auf sie paßte; man mußte zufällig
„anwesend sein. Diese Geistertöne bestanden, (wie sich schon
„Frau Hauffe aussprach), hauptsächlich in Klopfen, oder vielmehr
„Klöpfeln, das man bald wie an der Wand des Zimmers, bald
„wie von einem Tische, einer Bettstatt, bald wie in der Luft des
„Zimmers zu vernehmen glaubte. Hie und da bestanden sie auch
„in wirklichen, fast erschütternden Schlägen. Oft hörte man ein Gehen
„wie auf Socken, ein Täppeln wie von Thieren, oft Töne wie das
„Rauschen von Papier, das Rollen einer Kugel. Sehr häufig kamen
„aber auch, besonders bei der Erscheinung eines gewissen schwarzen
„Geistes, Töne vor, als werfe man mit Kies, Sand oder Speis, ver-
„bunden sogar mit wirklichem Werfen, welches besonders einmal,
„selbst mit großen Kalkstücken, auf die auffallendste Weise statt-
„fand. Die hier beschriebenen Töne ließen sich aber nicht bloß
„im Zimmer der Frau Hauffe hören, sondern man hörte sie, so
„lange dieselbe den untern Stock unseres Hauses bewohnte, auch
„sonst im Hause, und namentlich in unserem Schlafzimmer im
„oberen Stocke [7]).“

---

[7] Wir müssen hier noch nachtragen, daß das Klöpfeln auch an der Bettlade der Philippine Senger fast täglich zu hören ist. In ganz gleicher
Weise, wie oben angegeben, vernahm man auch schon früher ein Täppeln
anf dem Stubenboden. Eines Abends aber, als die Philippine Senger
sich mit dem „grauen Vogel“ beschäftigte und namentlich das Kalabu-

Wir haben nun zum zweitenmale die Ereignisse in Senger's Hause zu Bergzabern bis auf die neueste Zeit mitgetheilt. Mögen die geehrten Leser uns vergönnen, unsere Schrift in folgenden kurzen Worten zu schließen:

Neben den Thatsachen hier in Bergzabern haben wir ganz gleiche Erscheinungen angeführt, die in Deutschland und Frankreich statt hatten, und deren Wahrheit im Hinblick auf die Männer, welche sie der Oeffentlichkeit schon früher übergeben haben, nicht im Mindesten bezweifelt werden kann und darf, die aber Demjenigen, der noch nicht die Gelegenheit hatte, sich von der Existenz solcher Thatsachen zu überzeugen, unglaublich erscheinen müssen. Nichtsdestoweniger sind sie aber die vollste Wahrheit. Niemand vermag sie in Abrede zu stellen, ebensowenig, als bis heute Einer sagen und den Beweis führen konnte, durch welche Kräfte sie hervorgebracht werden. Offenbar aber haben Diejenigen sich nicht wenig blamirt, die schon voriges Jahr in Zeitungsartikeln sich beigehen ließen, Urtheile über die Erscheinungen bei der Philippine Senger zu fällen, und in nicht geringerem Grade machen sich lächerlich Diejenigen, die sich darin gefallen, trotz eigener Anschauung, sich selbst zu täuschen und die dann glauben, sie seyen gescheidt und vernünftig, währenddem es doch gewiß nichts Unvernünftigeres geben kann, als eine Thatsache, die man selbst beobachtet, von deren Existenz man sich selbst überzeugt hat, sich selbst hinwegläugnen oder Behauptungen über deren Ursachen aufstellen zu

---

schreien sich stark vernehmen ließ, hörte man ganz deutlich ein Schlagen resp. Schwingen, wie wenn ein großer Vogel mit beiden Flügeln schlägt, ohne sich durch dieselben von seinem Sitze fort zu bewegen Die Philippine Senger fragte wiederholt die Anwesenden, ob sie denn den Papagai nicht säheten, er sitze ja unten auf der Bettlade. — Noch sey bemerkt, daß schon mehrere Personen an den Kleidern gezupft, auf den Rücken gedrückt wurden, ja schon Schläge an den Kopf erhalten haben. Wir sind ermächtigt, die Namen dieser Personen zu nennen, welchen dieses wiederfahren ist, sobald es darauf ankommt, für die Wahrheit dieser Angaben einen Beweis zu führen.

wollen, für welche man nicht im Mindesten einen Bew.. hat, und die, heute geltend gemacht, morgen durch eine neue Erscheinung wie ein Nebelgebilde verschwinden und in ihr Nichts zerfallen. Statt offen die Wahrheit zu bekennen und zu sagen, daß man den Grund der räthselhaften Erscheinungen in Senger's Hause nicht erforschen könne, ergeht man sich bisher verschiedenerseits in oberflächlichen Redensarten über Vernunft ꝛc. und heißt — mitunter heute noch — alle diejenigen Dummköpfe, welche sich nicht von dem Daseyn der Vernunft ihrer Gegner bei Beurtheilung der fraglichen Erscheinungen überzeugen können.

Es werden daher auch ohne Zweifel nach dem Erscheinen dieser Schrift sich Stimmen gegen deren Inhalt erheben. Ohne Zweifel wird man die darin enthaltenen Thatsachen in Abrede stellen und den Verfasser derselben wieder der Uebertreibung, oder vielleicht gar des Aberglaubens beschuldigen wollen.

Wir haben uns jedoch vorgenommen, auf allenfallsige Angriffe bezüglich der Thatsachen keine Erwiederung zu geben, da die Wahrheit derselben auf das Vollständigste verbürgt ist. Sollten aber wieder bezüglich unserer Ehre und Wahrheitsliebe in dieser Sache Seitenhiebe gegen uns geführt werden wollen, so werden wir mit aller Kraft dieselben pariren und unablässig bemüht seyn, den Kampf der Wahrheit gegen die Angriffe der Lüge aufzunehmen, und wissen wir schon zum Voraus, daß wir diesen Kampf siegreich bestehen werden. Bei dieser Gelegenheit wird man alsdann auch von gewisser Seite wieder mit dem Schlagworte: „Vernunft" auskramen und diesem die abgebrochenen Phrasen von „Köhlerglaube", „finsterem Mittelalter", „Aufklärung", „Neunzehntem Jahrhundert" ꝛc. beifügen.

Dieses Wortgeklingel und hochtrabende Phrasenspiel wird uns aber um so weniger geniren, als es genugsam bekannt ist, daß in der Regel Diejenigen am meisten mit dem Worte Vernunft um sich werfen, die am wenigsten von dessen Begriff acceptirt haben, sowie überhaupt hochtrabende Phrasen immer ein leeres Gemüth verrathen, das aber gerade durch dieselben als ein reichbegabtes erscheinen möchte.

Wahrheit bleibt Wahrheit, und: „Nur in der Wahrheit beruht die Klarheit."

Nachschrift.

Gerade beim Schlusse unserer Schrift erfahren wir, daß das Anhängen von Gegenständen an den Körper der Philippine Senger in Frankenthal sich auf höchst merkwürdige Weise gezeigt habe.

Man habe nämlich das Mädchen entkleidet, und den ganzen Körper mit verschiedenen Gegenständen belegt, die alle fest hängen geblieben seyen; ja man habe auf diese Gegenstände andere metallene gelegt, und wunderbarer Weise sollen die letztern an den erstern hängen geblieben seyn. Auch erfreue sich die Philippine Senger einer guten Gesundheit und ihr Augenübel habe sich durch die angewendeten ärztlichen Mittel sehr bedeutend gebessert.

Druckfehler.

Seite 40, Zeile 2 soll nach dem Worte »verbindet« ein Doppel-
punkt statt einem Punkte stehen.

Seite 41, Zeile 10 lies: par statt per.